扎西持林丛书

寂静之道

希阿荣博堪布 著

北京·广州·上海·西安

法王如意宝晋美彭措

　　法王如意宝是我一切慈悲、智慧的源泉。我庆幸自己从二十一岁到四十二岁,人生最年富力强的时光是在法王身边度过的。在法王的悉心教导下,我逐步走向成熟。
　　此时此刻,我更能真切地感受到自己少许的出离心、菩提心,一分一秒的善念善行全部来自于法王的加持。只要一想到他老人家,我的心里便充满了温柔而忧伤的泪水。

——希阿荣博堪布

前　言

希阿荣博堪布是四川甘孜色达喇荣五明佛学院的授课堪布，并在自己的家乡甘孜德格玉隆地区建立了扎西持林闭关中心。堪布从十三岁起开始接受系统的佛法教育，二十四岁时由当今藏传佛教宁玛派最伟大的上师法王如意宝晋美彭措授予堪布学位以来，便一直为喇荣五明佛学院的僧众传讲显密佛法的诸多课程，培养了大批僧才。

近两三年来，堪布仁波切针对现代人的困惑和烦恼，撰写了一系列随笔，从日常生活的点滴出发，按照现代人的生存环境和思维方式，走入人们的内心世界，深入浅出地讲述如何通过佛教的修行，在生活中获得喜悦和自在。2011年，这些文章付梓发行，取书名为《次第花开》。"次第花开，花开见佛"是希阿荣博堪布希望通过这些随笔传递给读者的美好祝愿，希望人们能在世俗生活的责任和压力中，保持内心的优雅和喜悦。自问世以来，《次第花开》一直是佛教类书籍中的畅销书。

实际上，一位真正的心灵上师的言传身教，甚至只言片语，都能带给弟子深远的启发。希阿荣博堪布教化众生的足迹可以说是遍布四方，雪域西藏的一座帐篷，都市里的一个茶馆，随时随处都可以成为堪布为弟子答疑解惑的讲堂。有感于此，我们整理了目前所能获得的资料，搜集希阿荣博堪布在不同场合的开示，并尽量以系统的方式编辑这些教言。其来源既有堪布在藏地各寺庙主持法会的记录，也有日常与弟子们相处时的随机开示，为了满足本书的完整性，我们也从《次第花开》中选取了一些教言。另外，堪布仁波切正在撰写《前行笔记》一书，内容陆续发布在菩提洲网站，本书对此也有摘录。

非常幸运的是，在本书即将编辑完成之时，堪布仁波切推出最新的开示《生命这出戏》，并对近期网友及佛子们提出的一些有关佛法的问题予以解答，我们将开示和问答录收编在本书的附录之中。《生命这出戏》以精辟、优美、极具启发性的文字次第阐述了佛法见行的精华要点，可视为对本书内容所作的完美总结。

佛法浩如烟海，很多人对佛教有兴趣，但常常因为不得入门要领而望洋兴叹，更何况工作生活节奏紧张，没有太多时间可以用来学习。这本语录体的书，可以供读者在茶余饭后或者等人、乘车的零散时间翻阅，每天读两三条，日积月累，也许在不知不觉中便能对什么是佛法、如何修行有了大致的概念。当然，真正要学佛、修行，必须深入学习，进行完整系统的闻思修，有缘人可以根据自己的根基意乐选择适合自己的法门。

当您信手翻开《寂静之道》这本书，跃入您眼帘的那几个字、那一段话，恰好能解答您的一个疑问，或者让您的心灵感受到一缕阳光、一阵清风，这便是我们最大的欢喜。

由于我们对佛学的了解还比较肤浅，编辑本书的过程中，错漏在所难免，希望读者予以批评指正。

编者
2012年1月25日于北京

目　录

前　言　1

第一部　四法印……………………………1

精神之道　3

痛　苦　8
四圣谛 8 / 诸受是苦 9 / 六道轮回 11 / 婆婆世界 13

无　常　16
执着 16 / 诸行无常 19 / 诸法无我 21

空　性　24
缘起性空 24 / 因果 25 / 快乐 28 / 涅槃 30

第二部　修行纲要……………………………33

皈　依　35
皈依 35 / 戒杀茹素 41 / 祈祷 45 / 善良 48

出　离　53
出离心 53 / 放下 60 / 死亡 64 / 暇满人身 70

别解脱 75

居士戒 75 / 八关斋戒 81 / 出家 83

爱 85

大乘小乘 85 / 菩提心 87 / 爱自己 91 / 你我他 93

愿菩提心 97

四无量心 97 / 慈爱 98 / 悲心 99 / 喜乐 103 / 平等舍 105 / 如母有情 106

行菩提心 110

愿与行 110 / 布施 111 / 持戒 112 / 忍辱 113 / 精进 115 / 禅定 116 / 智慧 118 / 菩萨戒 119

三殊胜 123

三殊胜 123

谨慎取舍 133

因果不虚 133 / 十善十恶 134 / 烟酒过患 138 / 僧财 141

金刚乘 144

金刚乘 144 / 传承 145 / 灌顶 147 / 密乘五戒 148 / 会供 164

往生西方 167

极乐世界 167 / 净土法门 168 / 法王的心愿 171 / 往生四因 173 / 五无间罪 175 / 谤法罪 177

闻思修 184

闻思 184 / 恭敬求法 188 / 道次第 192 / 勤修行 195

积资净障 201

本尊 201 / 忏悔 204 / 顶礼 207 / 共修 208 / 供养 209

大圆满 213

大圆满 213 / 宁玛之光 216 / 龙钦宁提 218 / 大圆满前行 222 / 普贤上师言教 229

上师瑜伽 232

喇嘛钦 232 / 视师为佛 236 / 上师瑜伽 238

纪念法王 245

无尽藏 245 / 金刚舍利 249 / 思念 251

第三部　六度万行 ……………………257

放　生 259

众生平等 259 / 护生放生 262 / 普贤放生组 268

公　益 273

慈善 273 / 环境保护 276 / 灾难 276

僧　团 279

和合僧团 279 / 活佛 283 / 扎西持林 285

附　录 ……………………………………291

一　新年寄语 293

二　给聪达喇嘛的一封信 299

三　问与答 303

四　生命这出戏 327

第一部

四法印

精神之道

我们今天所处的世界科技高速发展、物质丰富多样,但这个时代的人看上去却并不安乐。生活富足却不快乐,不是幸福的生活。

在我的家乡德格,至今还保持着藏民族传统的生活状态,而且人们非常虔诚地信仰佛教,修持佛法是生活的主要内容。在那里,物质条件与大都市相去甚远,但人们的内心很安乐,常常能看到有人边干活边跳舞。走在夏季的草原上,更是随处可以看见人们聚在一起唱歌、跳舞。而站在拥挤的城市街头,我很少看到人们发自内心地欢笑,只有一个个匆忙的身影。

科技和物质只能满足一些感官需求,无法满足精神需求,解决精神层面的烦恼。人对物质很容易厌倦,没得到时不甘心,千方百计去争取，一旦满足却又立即生厌。一个人如果没有更高的精神追求，生活很容易就陷入这种不甘和厌倦的循环，导致内心越来越浮躁、越来越空虚。真正的信仰能帮助排遣负面情绪，保持生活的平衡喜乐。

ཀ

也有人把烦恼增多、内心空虚归咎于物质繁荣，其实不尽然。物质会对人心产生一定的影响，但关键是人心在作怪。烦恼多，是因为物质条件改善后内心执着的东西更多了。内心空虚也是因为物质丰富后有更多逃避痛苦的选择，人们可以更频繁地变换安慰的方式，结果便更频繁地感受到不满足和挫败。

ཁ

有的人居无定所地过着安宁的日子；有的人却在豪华住宅里一辈子逃亡。为了追求富足而苦恼或者整日忙碌得忘记去生活的，大有人在。辛苦操劳一辈子，到头来还是不快乐，而一生却已经过去了。

ག

高楼大厦、飞机、网络，这些先进的技术只是为人类的活动提供了便利，对学佛人来说，并不意味着发达。在我们看来，社会没有犯罪、众生平等、人们安居乐业，没有烦恼才是发达。

在这个幻化游舞的世界当中,金钱和地位没有什么实质的利益,也不可能从根本上消除人们的烦恼与痛苦。真正能对治这些烦恼与痛苦的只有佛法。

许多人没有足够的勇气承认自己需要帮助,或者不能谦逊地学习别人的成功经验。每个人的世界观应由自己建立,盲目或被迫接受他人的观点都是对生命的不尊重,但是封闭内心、固守成见同样是对生命的不尊重。

我出生在一个普通的牧民家庭,虽然在我幼年的时候,藏地的寺庙基本都被毁坏了,但我在十一岁那年听说了札熙寺的哥宁活佛,就很想去拜见。阿妈一直没答应,因为路远,我年纪又太小。过了一两年,经不住我反复乞求,阿妈借了一匹马,拜托一位正好顺路的老喇嘛带我去札熙寺。那个时候,我就坚信自己这一生所能做的最有意义的事情就是跟随上师学习佛法,寻求终极的快乐和解脱。

我并不排斥其他的价值观和信仰体系,也很愿意增加对它们的了解,但我四十几年的人生经历和见闻让我确信：寻遍整个世界，唯有释迦牟尼佛宣讲的妙法能帮助人们实现永久的安乐。

ཤ

幸福源自内心的安宁。许多人到了老年才真正开始关注心灵和生命的价值，更多的人，哪怕死亡迫在眉睫，也不去思考自己的一生何去何从。然而，无常的脚步从来不会为谁而停止，生命中的痛苦也不会因为谁忽略和回避它而减少一些。

ད

希望过安定富足的生活，这一点藏族人与其他的民族并没有区别。然而，佛陀关于无常和因果的开示给了我们无限的勇气和希望，哪怕目不识丁的藏民也深信因果并无惧地接受无常，有着世俗教育难以造就的见地和胸襟。

ན

真正的佛教绝对不是迷信，它一定能真真切切地给众生带来利益。释迦牟尼佛也不鼓励盲目相信，他说："就像金子被加热、切割和打磨一样，你们要好好检视我说过的话，不要只是出于对我的敬畏而接受。"

ཟ

很多不信佛的人，究其原因，不是因为他

们不认同佛陀的教法,而是他们没有机会了解佛法,所以尽管对痛苦、无常有认识体会,却也无可奈何,不知道人竟然还有可能从痛苦中完全解脱。

为了让自己的心获得暂时与究竟的安乐,无论是否接受佛教作为自己的信仰,都应该以开放的心态去了解佛教。人生中各种各样的痛苦和烦恼,产生的原因,止息的方法,佛法里都有清晰的解释。

痛 苦

四圣谛

日常生活里让人不如意、不开心、痛苦、烦恼的因缘那样多,一年三百六十五天,非在愁中即在病中。但是,人们总是不愿意承认这个事实,认为谈论苦是悲观消极或不吉祥的。痛苦是轮回生命的常态,如果对痛苦没有正确、深入的认识,就不会有动力寻求解脱。

ཀ

释迦牟尼佛初转法轮宣讲了苦、集、灭、道四谛,首先宣说的就是苦谛。苦,生命的一切经历都不离痛苦的本质;集,痛苦的成因;灭,痛苦是可以止息的;道,止息痛苦的方法。四圣谛解释了什么是轮回、轮回的产生、是否能够结束轮回(即解脱),以及如何解脱。

ཁ

为什么大多数所谓学佛者不确定自己是否真的想解脱?因为大家在心底不认为轮回真的那

么苦。解脱之道始于对苦的正确认识，不从正确认识痛苦着手，脱离轮回几乎不可能。

ॐ

六道轮回中所有生命的生存状态都具有苦的特质，这个"苦"不仅包括粗大剧烈的痛苦、伤害，也包括细微的不适、不如意等等。当你对苦的深度和广度有了正确认识，远离痛苦就成为一股强烈的意愿，你迫切地想知道到底是什么造成了生命中无所不在的缺憾——苦。而只有在你真正明白苦的成因后，才会知道苦是有可能终结的。于是，你通过各种途径远离痛苦、趣向安乐。

ॐ

在四谛中，集是因，苦是果；道是因，灭是果，但佛陀在宣讲这两对因果时，先讲果再讲因。因为在实际修行中，是按苦、集、灭、道的顺序，而不是按因果的顺序来修的。

身处痛苦中，应该了知自己在痛苦中；痛苦就是痛苦，不要把它误解成别的。

ॐ

佛经上把痛苦分为三大类：苦苦、变苦和

诸受是苦

行苦。苦苦，是显而易见、不折不扣的痛苦，比如身体和精神的创伤、病痛、恐惧、生离死别。对苦苦，人人避之唯恐不及，谁也不会认为它们是别的东西而想去追求、亲近。

ཉ

通常被我们理解为快乐的种种体验和现象是变苦，因其本质为苦，终将由快乐变成痛苦。相聚是快乐的，但天下没有不散的筵席，相聚的快乐里隐含着分离的痛苦；恋爱是快乐的，而相爱容易相处难，恋爱的快乐里隐含着争吵、猜忌、怨恨的痛苦；年轻貌美是快乐的，只是岁月无情催人老，年轻的快乐里隐含着衰老的痛苦；为人父母是快乐的，可把娇小脆弱的生命抚养成人，要付出多少精力，提心吊胆、不寝不食，这其中又有多少辛苦；升职加薪是快乐的，不过压力和焦虑也随之升级。仔细思量，生活里每一项快乐都含带着日后的痛苦。

ད

行苦是一种更深刻也更细微的痛苦，它指的是陷于轮回的众生整个存在状态的无奈和不圆满，身心受到业力牵制，被种种烦恼束缚。普通人的生命皆是由烦恼中来，到烦恼中去，全然不得自主地流转、流转。如果不是亲身遭遇变故、痛苦，一般人很难体会"诸受是苦"的深义。对痛苦的了解越深入、越全面，我们就越被激励着去实践离苦得乐的方法。在疾病以及其他的痛苦面前,我们完全有可能保持尊严和从容。

六道轮回

现代人的生活中充满了各种假设,假如投资股票挣了钱,假如退休了就去周游世界……我有时觉得奇怪,为什么人们不假设有来世,这并不比假设有明天或有明年更荒谬。

ミ

常常听到质疑,说"如果有前世,为什么我不记得了"。记忆里没印象的不一定就没发生过,因为不记得就否认其存在,这没有道理。看不到前世后世并不能证明轮回不存在。如果经过观察和思考,没有谁能真正否定佛教关于轮回、转世的观点。

જી

从古至今还没有哪位圣贤否认过轮回的存在,你也没有必要急于下一个石破天惊的结论。当你说"不相信轮回"时,你的意思其实是"不想相信有轮回",因为轮回、转世这些概念听起来太陌生,让你感到束手无策,你甚至连试图了解它的兴趣和勇气都没有。

ཚ

每次听说有人自杀时我心里都难过极了。死亡对他们来说是多么巨大的未知，而未知多大恐惧就有多大！死亡的过程是极其剧烈的变化，活着的人根本无法想象四大分离的那种痛苦。这个世界上没有真不怕死的人，以自杀的方式摆脱现世的痛苦，可以推知他们内心承受着多大的痛苦。第一次听说抑郁症时，汉族弟子们给我解释了很长时间我才明白。在藏地，我从来没听说过谁有抑郁症和谁为此而自杀。

ཛ

也有很多人没来由地相信轮回是件浪漫的事，想当然以为自己来生肯定还是重回人间，甚至能回到今生今世的种种因缘中，继续一段段爱恨情仇，这种想法实在是一厢情愿。

ཝ

地狱的寒热、饿鬼的饥渴、旁生的愚痴、非天的争斗、天人的堕落以及人道的生老病死，六道中的痛苦无量无边，没有任何地方能让我们真正获得安乐，轮回的本质就是痛苦。

ཞ

有人口气大，说不怕下地狱，这是他忘了地狱的痛苦。人道世界最大的痛苦与地狱里最小的痛苦都无法相提并论，谁也受不了地狱的痛苦，到时候再怎么后悔也来不及。

ཉ

说不怕地狱的人不信佛，也不信因果。觉得自己很勇敢很坚强的人，在火旁边多烤一会儿都受不了，还怎么受得了地狱的痛苦？不用说十八层地狱，最近的地狱与人间的痛苦都根本不一样，比如无数次地被切开、再长好、再被切开。

ཉ

也许你觉得活命已经够忙的了，哪里还顾得上考虑死后的事。如果你因为忙于活而顾不上死，那么可以等到活腻味了再思考轮回、生死。不过，看看周围，多少人都是满怀着对生活的热情筹划，突然间离开这个世界的，你没有理由相信自己会更幸运。

婆婆世界

常有人向我诉说事业不顺、婚姻不幸、失眠厌食，希望我给个方法解决这些麻烦，像看医生那样，得到一系列建议，然后一二三四，按照步骤去做，就可以万事如意。我大概常常让他们失望，因为我总说："对生活不要要求太高，好好修行！"我希望他们少受痛苦，但我更希望他们明白：轮回就是这样充满缺憾。烦恼无尽的纠缠，这就是生活。

༈

身在轮回中，却追求圆满，这本身就是一个巨大的迷惑。长久以来，我们一直认为人生中烦恼不断，是自己做得不够好，如果很努力、很用心，事情一定会有一个圆满的结果。可是，不论我们多注重锻炼保养，身体照样会生病、衰老；不论我们多么爱身边的亲人，他们早晚会与我们分离。事业、家庭，这一切，总有不如人意的地方。

༈

生、老、病、死、怨憎会、爱别离、求不得、不欲临，无论贫富强弱，所有人都无可避免要经历这八种痛苦。各种各样粗大的、细微的、强烈的、温和的痛苦伴随着我们短暂的一生，你也可以把它们称为压抑、孤独、怨恨、哀愁、恐惧、贫穷……这些东西无论我们现在做得好或不好都会出现在生命中。

༈

佛经中把我们生活的这个世界称为娑婆世界，意思是能忍受缺憾的世界。痴心不改硬要在缺憾的世界里追求完美，会有结果吗？

ༀ

　　只要有这个身体在，我们就必定经历生老病死；只要心里还有贪执、嗔恨、困惑、傲慢，我们就必定感受痛苦。

ཉི

　　人们对痛苦通常持四种态度：有人希望痛苦尽快结束，以为眼下的痛苦结束了今后就会一直幸福；有人在痛苦的同时不忘享乐，痛苦并快乐着；有人虽然不再惧怕痛苦，但痛苦妨碍了他的修行；有人拥抱痛苦，在痛苦中找到通向自由的路途。

སུ

　　如果能以烦恼为契机去勘悟世间万象的本质，从烦恼入手去实现止息烦恼的最终目的，那么充满烦恼的人生就是我们解脱的最好机缘。

无 常

执着

我们自以为经验老到、广闻博学，而绝大多数时候，不过是凭概念和联想在理解世界；我们自以为明察秋毫，事实上往往只看见想看的，听到想听的。佛陀教我们以开放的心去观察和倾听，才能真正看到和听到。可是用清新、开放的眼光认知内在和外部的世界，不仅需要勇气，还很辛苦。

ༀ

有一些成见和误解比较容易纠正，只需要稍稍改变心的习惯，还有一些错误的假设从久远以来流传至今，已经成为"真理"和"常识"。我们如果想活得更真一点，有时不得不做个没有"常识"的人甚至是叛逆者。

ༀ

那些舍弃今生的修行人，他们只是拒绝继续生活在谬误里，也不想躲在别人的经验里混日子。他们觉得受够了捉弄，于是坚决远离这些骗人的把戏，开始真心诚意地去认识和感受万事万物。

佛陀说，一切痛苦的根源在于人们对自身及外部世界根深蒂固的误解，执幻为实，没有认识到事物皆依赖各种内在和外在的条件刹那生灭，不是固有和恒常不变的，佛教里称之为"无我"和"无常"。

无常并非佛陀的发明，他只是指出了一个总被忽视的真相。佛法不向你承诺安全感或确定性，事实上，它恰恰要打破你对安全的幻想。

无常粉碎了我们对安全感、确定性的幻想，当我们意识到自己脚下随时可能踩空时，便本能地想抓住什么，这就是执着的由来。而我们想抓住、想依靠的东西本质上却是抓不住、靠不住的，痛苦便由此而生。

如果你把痛苦纯粹当作一种负面经历，想方设法要避免它；或者认为痛苦意味着失败，要是自己能力足够，一切都摆得平，就不会有痛苦，如果你这样想，毫无疑问，当遇到挫折时，你会分外感到压抑、焦虑和不公平。

"我"是一种错觉,我们的整个生活却建立在这个错觉的基础上。

一切痛苦都来自于自己的执着,如果有人让我们痛苦,我们首先应该检视的是自己。

无始以来,我们所追求的都是过得更好更快乐,更有安全感,然而,这种追求至今仍没有结果……是时候停下来重新思考了。如果不纠正两个错误,我们很难得到真正持久的安乐,一个是在缺憾中寻求完美,另一个是只想自己快乐。

要真正止息痛苦,只能从破除我执入手。无我是佛教最独特也是最深奥的见解,能听闻到无我法门是值得庆幸的。对真正寻求解脱的人来说,仅在理论上理解无我还不够,要彻底解脱痛苦必须证悟无我。

第一部 四法印

诸行无常

有些事实显而易见，人们却总也认不清，比如说无常。常听人感叹人生失意，这种挫败感很多时候正是对无常的体验。

ཉ

看看这世界，人们整天忙忙碌碌，无非为逃避无常；苦恼、挣扎那么多，也无非源自对无常的恐惧。然而这世上没有一件事物是恒久不变的，所以我们拥有的一切都必然同时给我们带来不安全感。

ག

多数的人往往要到迫不得已的时候，比如遭受突如其来的变故，才会意识到无常的存在，所以总误以为是无常带来了痛苦。要知道，造成痛苦感受的不是无常，而是自己对无常的恐惧。克服这种恐惧有两个办法，一是熟悉无常，二是了解恐惧的原因。

ང

无常的意思是变化。除了变化，生活中还有什么呢？只要稍加留意就不难发现生命中的一切都是无常的。四季更迭，人事代谢，身体、情绪、思想，无一不在变化之中。

ཀ

　　无常像一个面貌丑陋、内心温柔的怪人。不熟悉的人，害怕看见他的脸；了解他的人，能与他愉快相处。

ཁ

　　无常不好也不坏，开心还是伤心，全看自己的立场和态度，与无常没有必然关系。佛陀希望我们明了：一切都会耗尽，一切都是无常，毫无例外。即使是佛陀本人也示现了疾病、衰老和圆寂。

ག

　　如果我们认为某些无常是好的、温和的，可以接受的，某些无常则无法接受，这说明我们并没有真正领会诸行无常的深意。说到底，我们还是不够谦卑，不肯彻底放下心中的傲慢和成见去认识无常。

ང

　　每个人的生活都充满变化起伏，有得有失，这是普遍的，也是自然的。假使你坦然接受无常是生命的规律，你会放松下来。

ཅ

　　万事万物都在变化中，因此不存在注定不变的命运。我们甚至要感谢无常，因为它意味着凡事都有改变的可能。因为无常，我们永远有希望。

倘若没有无常,黑夜永远等不到白天,低落的心情永远盼不到阳光灿烂,得病的身体永远不能恢复健康,离别的人永远不能再相聚,这样的世界想想都很糟糕,不是吗?

人的一生中有顺境也有逆境,然而无论何种际遇,如果能转为道用,透过它认识生命的本质,就都是一生的财富,得失起伏无不是觉悟的契机。

有生就有灭,有聚就有散,这不过是事物的平常状态。坚强或者脆弱,接受或者抗拒,生活都会继续。

诸法无我

我们不喜欢无常,因为它总在试图传达另一个让人深感威胁的信息:万事万物,包括我们自己在内都是"无我"的,没有永恒、固有、实存的性质。

ཀ

这个世界上最陌生的人就是自己，我们似乎从来没有机会安静下来好好了解自己。每天早晨在镜子里看到的那个人是"我"吗？

ཁ

人们相信有一个绝对存在的"我"，我的身体、我的想法、我的房子、我的家……这只是由于不了解自己而形成的误解。

ག

再美妙的身体也是由三十六种不净物组成，人的肉眼只能看到皮肤这个表层，皮肤的下面是血和肉，如果没有皮肤，你还会贪恋这样的身体吗？

ང

一个人的身体，作为处于连续不断、无穷无尽的逐渐变化中的聚合体，会存在几年、几十年或者上百年，而思想、情绪、感受等心识却是念念生灭，更不具有常一性。如果身体不是"我"，刹那变化的心就更不可能是我了。

ཅ

虽然迄今为止的科学发展还没有最终印证佛法中所说的"空性"，但一些研究成果，尤其是量子力学，已具有足够的说服力，使人们相信没有实存、常一的我。原子、电子、质子、中子、微子……将某种物质现象如此分解下去，就算分解到最后不是虚空，而是某种终极微小的单位，这个单位也不可能是"我"。

༥

任何时候都不要把"自我"的感受执着为真实。对自己太执着的话，没法获得解脱。

༦

具备无我的见地之后，经过反复观修、体认，我执会逐渐弱化。佛教中分析和修行的方法都是用来帮助破除执着。只有当证悟无我时，困扰我们无量劫的痛苦才会当下消失。

空 性

缘起性空

事物之所以无我,是因为它随缘生灭。因缘具足现象产生,因缘缺乏现象就不会产生,因缘变化则现象变化,因缘消失则现象消失,这就是缘起。

༄

无我不是虚无主义。在任何时候、任何情况下,缘起都同时具有两层含义:空性和因果。讲无我是讲空性,讲无我也是讲因果。

༄

"万法皆空"这个空是缘起性空,无而显、显而空,不是不存在。你我的究竟本质是空性,却仍有你我的显现;事物的究竟本质是空性,仍有因果的显现。

ཨ

在生活中修无我需要双管齐下,既要体认事物的无自性,通过有意识地削弱对自身和外

因果

物的贪执减轻痛苦,又要重视因果。无我、空性等观点虽然殊胜,但一般人不容易理解,如果陷入断灭的观念,见解和行为反而会与正法背道而驰,觉悟、解脱更加遥遥无期。初学者从最基本也是最重要、最易于实行同时也最深奥的因果入手会比较稳妥、有效。

佛说因果就像种子在条件具足时一定会结果。行住坐卧、言谈举止无不是因果,无不在取舍。一言一行、起心动念都会产生相应的后果,对自己和他人的生活造成影响,带来改变。

行为的后果主要取决于它的动机,也就是发心。有些行为的后果很快显现,有些要很久以后才能看到。如果一个行为的果报今生没有成熟而你也没有采取任何行动阻止其成熟的话,它一定会在下一世或更晚的时间成熟。

世上没有无因无缘的事,每一件事的发生都是众多因果关系共同作用的结果。

居住在同一个地方,生活环境也相同,有

的人幸福安乐，有的人却痛苦不堪，这也是因果的不可思议。

༄

由于认知能力有限，我们只能看到无限因果相续中的某个片段。当事情的来龙去脉在空间或时间的跨度上超越了当前的认知范围时，我们会习惯性地怀疑是否凡事真的有因有果。可是要知道，想细说从头，就连神通广大的阿罗汉也不能完全知晓，只有成就了佛果才有遍知的能力。

༄

死亡只是当前生命的结束，这段生命所承载的因果仍将继续，新的生命在继承旧因果的同时又将造作新的因果。连接前世、今生、来世的，不是一个具体的"灵魂"，而是未断的因果关系，因果的传递不会因为死亡而终止。

༄

由于行为的后果在性质和程度上不同，转世便有了不同的属性，这就是六道轮回，转生到哪一道完全由自己需要感受的业报决定。

༄

从烦恼痛苦中获得解脱，关键在于谨慎取舍因果。

如果想快乐，就创造条件让他人快乐；如果想免于痛苦，就不要伤害他人。从头到尾都是自己对自己负责。

人们习惯把因果和报应相提并论，我却不喜欢"报应"这个词，因为它让人感觉冷漠、疏离，带着惩罚的意味。

一般人面对巨大的痛苦，往往怨天尤人、焦躁恐慌，或心灰意冷，好的学佛人因为懂得因果，懂得承担和化解，所以能以一颗坚强而平淡的心去面对。必须承受的，就勇敢地承受；能够转化的，就努力转化。

我们遭遇的困苦只是过去行为的一个结果，没有理由责怪他人，也没有必要自责。如果能以积极的心态对待它，那么正在经历的痛苦不仅完结了一段旧的因果，还会成为新的善因，开启一连串正面的反应。

否定因果，人们就会身不由己地迷失在无常的洪流之中，而如果懂得自己无论做什么，哪怕是最微小、最隐秘的念头也必定产生后果，我们会自然而然地生起责任感,不再只顾眼前、为所欲为。

快乐

什么是快乐?痛苦消失就是快乐。

快乐就在身边,可是我们要么因为心不够静,察觉不到,要么因为它转瞬即逝,我们来不及感受。

快乐其实很简单,并不需要很多条件。再平凡的日子也充满快乐。口渴的时候,喝口水会快乐;肚子饿了吃碗面条会快乐;下班高峰的时候在地铁里意外得到一个座位会快乐。

如果不把快乐一味寄托于瞬息万变的外部世界带来的刺激,那么快乐的感受是可以延长、扩大的。

有时候,人们并非不快乐,只是以为自己不快乐而已。试着观察自己的情绪变化,我们会发现情绪就像天空的浮云,变化多端又随时消散。远看一朵一朵仿佛人能在上面漫步起舞，走近才发现根本没有立足之地。

ཀ

不要被情绪推着到处乱跑，转过身正视它们，看它们从何而来，往哪里去。事实上，你就是想不间断地生一辈子气、发一辈子愁，也是办不到的。

ཁ

《阿含经》中讲述了四念处的修行法门，就是从身、受、心、法着手，如实而又绵密地觉察自己的身心。在这种了了分明的觉察中，很多烦恼消失无踪了。

ག

每天让自己的心安静片刻，只为单纯地去听、去看、去感受。

གྷ

事情过去了，就不要太烦恼、太生气。生活原本就是变化无常，喜忧参半，甚至带点混乱的。

ང

很多事情都不可强求，自己尽了心就好。做事之前善加考虑，从善意出发也尽心尽力了，即使结果仍不尽人意，这份善心依然会积累福报。

想得太多所以不开心,心思单纯,生活简单就很好。

无论生活际遇如何,我们都要发愿活得快乐。快乐的人生从接受缺憾开始,接受一个不那么完美的自己,学会对自己说:"我不再需要什么,我很满意。"

涅槃

幸福源自内心的安宁。

轮回不是指一个地方,而是心的状态。心里有贪婪、嗔恨、愚痴、傲慢、怀疑、邪见就是轮回。心的不平垢染外现为山河大地、沟坎荆砾,种种悦意和不悦意的外境。心有局限导致眼、耳、鼻、舌、身、意的局限,以及生活际遇的百般痛苦缺憾。生老病死、苦难、分离、仇恨是轮回,相聚爱恋及一切会消逝会演变成痛苦的都是轮回。此心烦恼不歇,轮回不止。

两千多年前,释迦牟尼佛在菩提树下悟道,

并在随后的四十九年里,传讲八万四千法门引导众生证悟实相。《华严经》中记载了佛陀这样一句教言:无一众生而不具有如来智慧,但以妄想颠倒执着而不证得;若离妄想,一切智、自然智、无碍智则得现前。

ཨ

很多习惯,尤其是心的习惯,让我们看上去像个傻瓜,一而再、再而三地陷入困窘的境地。修行便是以温和的方式改变这些习惯,使自己逐渐走出窘境,这就是出离。

བ

所有众生都有一颗本自具足的菩提心。不论我们曾经多么贪婪、残暴、奸诈、愚昧,都从未令它有丝毫减损。它一直在那里,从未离开我们,所以修行不为再去成就什么、证明什么,而只是引导我们放松下来,慢慢去贴近本心。

第二部 修行纲要

皈　依

　　因为众生的根基不同,所以释迦牟尼佛安立了八万四千法门,毫不夸张地说,所有众生都能在佛法中找到适合自己的修持方法,而如法皈依是开启一切正法之门,是修持这些佛法的前提。

◁

　　皈依是誓愿将佛教作为自己的信仰,跟随佛法僧三宝修学正法。当一个人真正从内心生起皈依三宝的善念时,这一定是往昔行持过很多善业的显现。

◁

　　有人认为"佛祖心中留"就可以,没必要非皈依不可。心中有佛很好,也是往昔积累诸多善业的显现,但这还不够。皈依是寻求三宝的加持,从六道轮回中获得解脱。不寻求皈依,就像掉进大海的人不主动寻求救护,无法获得三宝究竟的加持。

有些修法一定要有传承才能修持，没皈依的人不能得到传法和灌顶，即使求到也不能如理如法地修持。皈依以后再求法，这才如理如法。

印度大成就者阿底峡尊者曾说：皈依的戒体是别解脱戒、菩萨戒和密乘戒的基础。不具备皈依戒，其他的戒体都无法得到，所以也不能修持相应的法门。佛法包括教法和证法，不实际修持无法实现解脱轮回。

阿底峡尊者是印藏公认的持教大德，也是在藏地开创佛法后弘期的领袖。他到藏地后，在法会上几乎首先都是宣讲皈依，被称为"皈依班智达"。这样的大成就者如此重视皈依，可想而知皈依的重要性。

在上师面前按照仪轨受持皈依的戒体，才是真正的皈依。没皈依的，就算自己平时烧香拜佛、持诵经文，也不真正是佛弟子，只有在皈依后才真正成为诸佛菩萨的弟子。

凡夫的心很不稳定，如果不如法皈依，今天还在拜佛，明天也许就失去对佛法的信心。

༡

当你决定敞开心胸,毫无成见地向佛陀学习解脱之法后,需要在一位具有教法传承的修行者面前以身体和语言的行为庄重地表达自己的决心。这样,你的决心将融入无数前辈、同辈及未来学佛者的决心之海,它不再是你一个人的决心,而是无数人共同的决心,并与佛陀的圆满智慧一脉相承。

༢

修行涵盖身、语、意三个方面。在修行的起点,身、语、意三门皈依具足是圆满的缘起。

༣

皈依不是出家,释迦牟尼佛制定的皈依戒是为了让凡夫人能够进入佛门,开始走上解脱的道路。守持皈依戒很容易,真心寻求解脱的人应该都能做到。对上师三宝生起不退的信心,任何情况下都不舍弃上师三宝,具有这样的信心,就可以皈依。

༤

拿一张皈依证、得一个法名,这些并不是最重要的事。皈依最关键的是要从内心深处生起对上师三宝坚定的信心,无论遇到什么违缘,哪怕生命的危险,也不舍弃上师三宝。假使始终没有生起这样的信心,即使手里有皈依证,真正说来，也未必是佛教徒。

༡

藏族人都信佛，但是藏传佛教的传统里，没有皈依证这样东西。缺少对三宝的坚定信心，不具有随学三宝的誓愿，就不能算是佛弟子。

༢

这一生当中，没有什么比皈依三宝更重要。如果要详细地讲皈依三宝所获得的利益与功德，可能几天也讲不完。皈依可以说是最重要的法门。

༣

皈依不是修行的起点，它是整个修行。

༤

为了轮回当中所有的众生都能脱离六道轮回，最终成就佛的果位而皈依佛门，皈依时要发这样的菩提心。发心为了自己今生财富圆满、家庭和睦，这已经偏离了解脱的正道。

༥

为了世间福报而皈依，今生肯定无法解脱；为了个人的解脱而皈依不会获得佛果，这两种都不是上等的发心。皈依时要以菩提心来摄持自己的发心。刚刚皈依就立即在相续中生起菩提心可能有点困难，但只要每天不断地串习，经过长时间的修持，一定会生起。

ༀ

皈依佛是将本师释迦牟尼佛以及与释迦佛一样证得无上正等觉的十方三世诸佛，如阿弥陀佛、药师佛等作为自己修行路上的唯一导师，除佛陀以外不寻求和皈依其他任何导师。

ༀ

释迦牟尼佛传承下来的所有教法都是法宝，大乘、小乘，密宗、显宗，全部是我们皈依的对境。佛陀为了度化不同根基的众生，传下八万四千法门。皈依法是将这八万四千法门全部作为自己寻求最究竟的安乐的方法和道路，除此以外不寻求其他的方法和道路。

ༀ

皈依僧是指将释迦牟尼佛教法下的僧伽作为自己修行路上的道友，除此以外不寻求其他的道友。按小乘佛法，四名以上的出家人可以称作僧宝和僧团；按大乘佛法，只要现证空性，无论显现是在家人还是出家人，一位就可以称作僧宝，是我们皈依的对境。

ༀ

皈依后就进入了佛门，以后一定要守持皈依的戒律。第一，从今以后对上师三宝始终保持坚定的信心，不退失信心；第二，恭敬对待上师三宝。不要把佛像、经书、僧衣和佛教用品等放到地上或其他不清净的地方，更不能跨过去；第三，将上师三宝作为自己唯一的依怙。

༄

佛教的寺庙或者佛教徒家里一般都会供养佛像、佛经、佛塔等三宝所依。佛像和佛塔首先要装藏，如法装藏的佛像、佛塔具有殊胜的加持力，并能调节外在的地、水、火、风、空这五大元素。

༄

装藏所需的物品，比如五金、五木、五宝石、五药、五谷、五布、五经咒等在经文中有详细具体的说明；进行装藏的必须是戒律清净的出家人，要求也很严格，比如装藏期间不能吃肉和葱蒜，并最好守持八关斋戒；装藏用的经文不能损毁；装藏的过程要严格按照仪轨、如理如法。装藏过程中丝毫的错误都会有很大的因果，对装藏的人有非常大的影响。

༄

开光是由具德上师念诵佛菩萨制定的开光仪轨，迎请诸佛菩萨降临，将加持融入佛像、佛塔、经书等。对主持开光的上师的资格要求与灌顶上师完全相同。首先进行开光的应当是一位具德上师，不过以往有高僧大德开示过，念诵七遍以上的缘起咒，佛像就可以成为三宝

第二部　修行纲要

所依，具有很大的加持；另外，应当依照佛菩萨与传承上师制定、加持过的仪轨进行开光。具足这两个条件的话，真正的具德上师一定有能力迎请到诸佛菩萨。

ཿ

一些古老的佛像、经书非常珍贵，是因为在历史上，有很多位传承上师曾为它们进行过开光。开光后的经书、佛像与没有开光的经书、佛像相比，加持与供养的功德天差地别。

ཿ

皈依三宝后，只要不破皈依戒，即使今生也许没能精进修持，下一世也肯定不会堕入地狱、恶鬼、旁生这三恶道，这得益于三宝的加持。

ཿ

一定不要舍弃皈依三宝，如果你从心里舍弃上师三宝的话，就失去了所有戒律的基础，无法解脱。

佛法简单地说就是不伤害众生，并尽己所能地帮助众生。皈依后就真正进入了佛门，成为佛菩萨的弟子，以后不能再伤害众生，佛陀也

戒杀茹素

曾发誓不伤害众生。

༄

一边修持对众生的菩提心,一边造杀生的恶业,这是自相矛盾,修行不可能成功。

༄

不杀生是佛弟子最基本的戒律,从别解脱戒到密乘戒的所有戒律中,都将不伤害众生的生命作为重要内容。所有人都不会理解不了这条戒律。

༄

大家应该在菜市场看到过鸡鸭被宰杀时的情景,听到过它们的惨叫,看着这些可怜的众生轻易就被夺取了性命,具有同情心的人都会于心不忍,更何况发愿为利益众生而学佛修行的佛弟子呢!

༄

如果不从现在起就断除杀生的行为,那么今天造下的恶业将来果报一定会在自己身上成熟,恶业现前的时候,一切都为时已晚。到那时,无论身心怎样痛苦你都别无选择,只能承受。

༄

如果国家有法律规定不能伤害众生,触犯的话处罚很重,比如要进监狱,那你一定不会杀生，因为你内心认可这条法律，你不敢犯。世间这么一个小小的惩罚你都畏惧，而佛法里对因果有更加详细的开示，伤害众生所感受的果报比这个惩罚要痛苦得多。能不能做到不杀生是自己心里承不承认因果，信不信因果的问题。

ཨོཾ

我在藏地走过很多地方，去主持法会的地方没有哪不发愿不再杀生。发愿不杀生的人，刚开始可能好像有些困难，但不久他们会过得很好，生活得很清净。从因果的角度讲，一个地区的信众发愿不杀生，修行善法，这个地方一定非常吉祥，人们的生活当然也会过得更好。

ཨ

杀生的人也很可怜，因为杀生的业障最重。有些人出生在世代以杀生为业的家庭，子承父业，或者实在没有其他的技能，只能靠杀生养家糊口。想想他们真是可怜，同样是为了生存，别人可以做轻松体面的工作，他们却必须成年累月地呆在令人作呕的腥臭里。

ཀ

有些地方的信众，在法会上向我承诺三年不杀生，刚开始他们也觉得为难，担心以后日子怎么过。但是三年下来，他们过得很好，后来又来找我，想在我面前发愿一辈子不杀生。

ཀ

为了生计造杀业，也许暂时能获得钱财，但长久来看，会变得贫困，对今生和来世都没好处。不杀生会过得更好，因果一点也不会错乱。

ག

皈依后最好能吃素。如果因为身体、工作等原因，暂时做不到吃素，至少不要吃活鱼、活鸡、活虾等活物。非要吃肉的话，吃三净肉，否则一定不要吃。

ང

只要吃肉就会有因果，虽然吃三净肉的果报也很大，但比起为自己杀的要好很多。

ད

有人以为藏传佛教可以吃肉，汉传佛教不可以吃肉，大乘佛教可以吃肉，小乘佛教不可以吃肉，这些都是误解。大乘、小乘、藏传、汉传或南传，戒杀吃素是共同提倡的。

ཙ

藏传佛教与汉传佛教都是释迦牟尼佛传承下来的教法，没有分别。不伤害任何众生，尽可能做到不食肉为藏传佛教和汉传佛教共同倡导。吃不吃肉完全是个人行为，与藏传佛教和汉传佛教本身没有任何关系，也就更不是区分藏传和汉传佛教的标准。

ༀ

吃素不但能使今生健康长寿，对将来的往生也有很大帮助。现代科学也已经证实了素食有益健康。

ཨཱཿ

有的人习气重，每天都要吃肉，这样的人可以逐渐减少吃肉，比如刚开始在每个月佛菩萨的节日吃素，然后在更长的期间里比如神变月、佛陀转法轮月坚持吃素，慢慢形成素食的习惯，一步一步来，直到最后能够彻底断除吃肉。

ཧཱུྃ

吃素也是放生，少吃肉能拯救很多众生的性命，这是我对大家的希望。

祈祷

佛法是如意宝，谁祈祷谁得利益。

༡

皈依以后要对上师三宝有坚定的信心，恭敬上师三宝，时时刻刻向上师三宝祈祷，不断增上信心，这样才能得到诸佛最究竟的加持和最圆满的成就。

常常有人跟我说：祈祷上师三宝了，可是没得到加持。能否感应到上师三宝的加持，完全看自己的信心。心存疑虑，抱着试试看的态度，仿佛想检测三宝的能力。以这种心态，很难说能够在多大程度上感应到加持。

佛菩萨的加持力也就是他们护佑众生的愿力，这种愿力极其强大，像西方极乐世界那样广大庄严的诸多清净刹土都完全是由佛菩萨的愿力所化现，所以不要怀疑诸佛菩萨是否有护佑众生的力量，关键是自己心里是否真的相信并愿意接纳佛菩萨的加持。

我的一位上师晋旺堪布年轻时在法王如意宝晋美彭措座下学习，显现上成绩不太好，总不能理解法义，于是他向文殊菩萨至诚祈祷，如法念诵了几亿遍文殊心咒。再进行闻思，轻轻松松便通达了五部大论，成为佛法再弘期藏地第一流的大堪布，讲课时滔滔不绝、旁征博引，经文论典全部谙熟于心。

修法要有信愿。信心不是嘴上说相信，是心里认定一件事就豁出去做，不计较要为此付出多少代价，也没想过这事会办不成，更没想过可以选择不做。

༄

不论遇到什么情况，顺境或逆境，都不能舍弃三宝，忘记三宝的加持。不要只在逆境时才临时抱佛脚，顺利的时候更要牢记佛陀的教诲。

༅

学佛人经历顺境，不要太执着，要知道这只是前世所积累的福报。我们在这一世真正地发愿生生世世能够利益众生，发愿好好学佛才是最重要的。

༆

遇到违缘，不过是前世的因果，不用惧怕。这时务必坚定对三宝的信心，从心底深信三宝不可思议的加持力，凭借这种信心，一定能克服违缘，迈过生命中的坎。

༇

时常在心里祈祷上师三宝。对三宝信心不变、坚定不移，极乐世界的大门就打开了。

༈

不要执着所谓的根器，只要对上师三宝具足信心，就一定会得到上师三宝的加持。

ཨ

三宝的加持，关乎我们内心的转化。不论通过何种形式表达对三宝的皈依，如果我们的内心因此而持续地向良善的方向转化，空性的见解和菩提心不断增上，那便是得到了护佑和加持，因为没有什么比这更能让一个人的内心坚韧、宽广。

善良

无论什么样的外表，过两年都会衰老。人不同的是心，在这个世界上没有什么比善良的心地更加珍贵，善良的人是最值得尊敬和赞叹的人。

ཁ

学佛和做人是一回事，不是学佛是一套，做人又是一套。人道完善，佛道成立。

ཁ

人品是修行的基础，没有基础，修行便像在空中盖楼，不牢靠。佛法在世间法上体现为高尚的人格，高尚的人格反过来也是学佛的基础。为人有问题，学佛时会产生很大的违缘。

ཁ

富有、能说会道、勇猛善战未必是好人，在我们的传统里，好人的根本归结起来就是一点：心地善良。

༡

善良可以说是学佛人最核心的品质。法王如意宝的教言里写了：善心不讹、稳定不变、脾气好、有智慧的才是好人。

༢

有的人性格孤僻，不能温和、贤善地与人相处，他们不知道，众生是学佛人的福田。

༣

当一个佛弟子在相续中真正生起了对众生的慈悲心时，他自然而然地便不会伤害任何众生，也会与周围的人和睦相处，这对修行也是很好的助缘。

༤

学佛是用来观察自己，不是用来观察别人的，要管好自己，不要总看别人的过失。一切外境只是自心的显现，心清净，外境自然清净。

༥

做人要谦虚，勇于听取别人的意见，否则永远没进步。别太拿自己当回事，就不会固执己见。

༦

一个佛弟子会越来越谦卑，对他人越来越

有恭敬心。对所有人都谦卑，这是一个尊重自己信仰的弟子真正把佛法融入于心的体现，也是佛教徒最明显的特点。

身为佛教徒，在任何时候，说话、做事，都不能伤害众生的心，也不要诽谤其他宗教。法王如意宝示现圆寂前叮嘱我们："不乱他心。"

我们周围还有很多亲人、朋友，因为种种原因没有皈依三宝，仍在这个幻化的世界中为了所谓的安乐日夜奔波，他们追求的是安乐，所做所为却全是痛苦之因。有些人虽然已经皈依，但仍会做出一些不如法的行为。虽然我们没有能力让这些亲朋好友立刻皈依，或停止不善业，但我们可以通过自己身心的变化慢慢引导他们，让他们看到佛法的加持。

我遇到过一位女士，她说自己本来对佛法很有信心，考虑过皈依，但看到周围不少已经皈依的人一面举着皈依证大谈佛法，一面在为人处世上表现得很差，所以她打消了皈依的念头。我向她解释她看到的人只在表面上皈依，并没有将佛法融入相续。佛弟子在修持佛法的同时，一定还要完善自己的人格。否则会让别人像这位女士一样，对佛法产生偏见。

ཉ

无论修法还是日常生活中，都要时刻铭记自己是佛教徒，不要做出不如法行为给佛教造成损害。也许我们对佛法没什么贡献，但绝不能做出损害佛法的事情，否则我们愧对释迦牟尼佛！

ཏ

善良的人不一定聪明能干，但肯定正直。

ཐ

在这个物欲横流、道德观、价值观混乱的时代，要自始至终做一个善良正直的人很难，有太多的诱惑、太多似是而非的理由，让我们怀疑坚持心中的良善是否真有意义。不管自己再怎样受苦、受委屈、受伤害，永远都不要放弃内心的善良。

ད

人心是相通的，如果我们护持着心中的善愿，他人必定能感受到它的温暖，尽管他们也许会不承认或不表现出来。当我们向他人表达善意时，如果不期待对方也同样做出善意的反应，我们就会更加轻松、投入。

ན

内心越来越宽阔、坚强、温柔，这便是我

们能得到的最好回报，也是自己快乐的源泉。

༄

世出世间，只有善良的心地里能开出安乐的花朵。宗喀巴大师说过：心地善良的人今生来世都会过得安乐。

༄

善良的人如果坚定而稳重，一旦开始修行，解脱便不远了。

出 离

有个弟子跟我说不喜欢无常,有轮回就有无常,不喜欢无常就应该努力寻求解脱。

ཨ

大家可能因为各种原因还需要继续从事世间的工作,但不论做什么,都一定要把从轮回中获得解脱作为人生的最终目标,缺少这份出离心无法脱离痛苦。

ཨེ

希求今生美满、升官发财,来世投生善趣接着享福,以这种求人天福报的心持戒、修行,无论怎样努力勤奋也不是解脱、究竟证悟的因。

ཨོ

不是每个人生来就有出离心,在一开始就能纯粹地为了解脱而学佛,大多数人的起点没有这么高。很多人刚入佛门时,是因为遇到了难事，求佛菩萨帮忙，要不就是求福报，求平安，希望这辈子能少点磨难多点快乐。出离心要一步步地培养。

༥

有多少人真的认为轮回不值得留恋呢？有人或许会想：是呀，轮回很可恶，的确应该像上师说的那样寻求解脱出离轮回，从此过上幸福生活，这辈子不会再生病，夫妻恩爱，子女乖巧……一切称心如意，再也没有烦心事。至于下辈子，肯定更好，从一开始就没完没了地享福，因为摆脱轮回了嘛。如果这就是你追求的"解脱"，恐怕没有比这更真实的轮回。

༩

人这一辈子，沟沟坎坎是填不完的。快乐不是没有，转瞬即逝。多好的缘分，多好的人，说散也就散了。这世间的事没道理可讲，你不学佛，不生出离心，一切也是转头成空。知道世间法有多么靠不住，修出离心才算是有点影子了。

༥

开门见山就谈出离心，很多人没法接受，可是要绕过出离心先说别的，人生不过短短几十年，东绕西绕，转眼就没了。佛教的修行，再怎么绕终归要回到出离心上来。

ཨ

在家学佛的人容易犯一个毛病，就是名利财色统统都要，一点不亏待自己，最后还想要解脱，要成佛，觉得世间出世间两不耽误，才叫有本事。你跟他谈出离心，他觉得你小里小气，没有大乘气象。的确有很多大菩萨示现不离凡俗享受五欲，但大菩萨"心无挂碍，无有恐怖，远离颠倒梦想"，五欲动摇不了他。自己是什么程度自己知道，如果没到这种境界，还是老老实实尽量远离诱惑障难为好。

བ

社会上很多人羡慕权势、财富和能力，但这些东西若运用不当，便会成为造恶的条件。人生短暂，荣华富贵到头也不过几十年，死时什么都带不走，反而因为放不下的东西更多而越发痛苦。

ག

钱够用就可以，没有必要拥有太多。高官巨贾、名人偶像，在面对死亡时都一样的无助，这时候财富、荣耀都起不到作用，只有修法能有帮助。现在不抓紧时间修行，想一想死亡来临的时候该怎么办？

ད

不要想着等孩子大了、钱挣够了、有空闲

了再修法，这个想法不一定会实现，到那时也许又有别的原因不能修法。世俗的事只要不停下来，永远不会结束。但无常说来就来，现在就应该抽出时间修法，再忙也要修。

ས

很多人觉得念佛是老年人的事，总说："这几年我很忙，等将来退休了再修行。"佛法的闻思修是天下最难行之事，应该在精力充沛的青壮年时期就开始行持。寿命无常，不要说活到退休，就是明年还在不在人世也难以断定。

ཙ

人们轻易就忘记老之将至，死亡不可避免。年轻人总以为无常不会那么快来到，很多老年人也是这样，仿佛相信自己能够一直活下去。年纪轻轻就离开人世的很多，老人更是没有多少时间了，头上的头发和口中的牙齿都在提醒，生命很快就要结束。人到暮年，很脆弱也很关键，说不定一两年，甚至一两个月以后就不得不离开这个世界。

ཚ

生命很脆弱，一口气上不来就死了。在这个世界上，帮助活着的助缘很少，招致死亡的情况很多，有病死的、有老死的、有野外死的，食物中毒死的也有。

第二部　修行纲要

ཅ

这座城市这么大，听说有一千多万人口，用不了几十年的时间，这一千多万人都将离开这个世界，而在他们当中又能有多少人得到解脱的安乐？想到这，我怎么也高兴不起来。

ཆ

我们的身体逐年衰老，终将死亡，在生与死之间还有疾病和各种事故的侵扰，一生当中可以用来积累福慧资粮、追求解脱的自由时间并不多，而我们却把这宝贵的人生浪费在琐碎、无聊的事情上，拼命试图维持正在不断消逝的事物，甚至为此造下恶业。

ཇ

能将世俗的事全都放下，专心致志修法是最好的，但这很难做到，别说是在家人，一般的出家人也很难做到。然而无论如何也不要很努力地忙俗事，对自己的解脱大事却不上心。世俗中再大的事与解脱相比都是微不足道的。

ཉ

释迦牟尼佛放弃舒适荣耀的宫廷生活，舍俗出家，经历六年苦行，而且在悟道后几十年的传法生涯中过简单清净的生活，这种示现不是无缘无故的。佛陀为后人示现了修行之路。虽然不是所有人都必须出家，但一点也不放弃世俗生活的快乐享用，一边不停歇地追名逐利、散乱攀缘，一边想修行解脱道，这不可能。

相续中应当对整个六道轮回生起真实的厌离心，逐渐放弃对现世享乐的希求，一心一意寻求解脱。不舍弃对今生来世的贪恋，就不能从六道轮回中解脱。

即使暂时还做不到完全舍弃今生的享乐受用，至少心里要有一个信念，时常提醒自己：这些都可有可无，暂时的生活方式而已，我的最终目标是解脱。

人的贪欲很难满足，有了一百万，想一千万；有了一千万，想一个亿。这样下去永无止境，生命却在追逐贪欲中一天天地缩短。到死亡来临时，不用说一生辛苦积攒的财富，就连自己的这个肉身也带不走。

在这个幻化的世界里没有什么东西是恒常不变的，总有一天，我们都会离开自己执着的亲人和追求的名利，而且，谁也不知道这一天会在什么时候，以什么方式到来。

༡

在家人生活在社会上肯定需要一些资粮,不仅是你们,我也一样,如果没有一点资粮确实很难生活下去。但作为一个学佛的人,追求的是真正的解脱,吃、穿够用就可以了。

༢

真正追求解脱的人不用过分担心世间福报,佛陀教授的八万四千法门,无一不是在帮助我们积累福德和智慧二种资粮。只要以利益众生的发心修持佛法、积资净障,就像点火的同时烟自然会生起一样,在圆满解脱与成就资粮的同时,今生的安乐会自然获得。修行是为解脱不为求福报,但福报自然伴生。

༣

世间的荣华富贵其实并不难求,也不需要很大的福报。但是,纵然洪福齐天,也逃不出生老病死;满目繁华,爱恨情仇,转眼就烟消云散。若能勘破这个,生起出离心、菩提心,才是真正具大福报。

༤

世间的人为了维持生计,吃尽苦头,而这样饱受痛苦的一生,到头来却没有什么意义,今生鲜有快乐可言,来世也不能保证幸福。既然如此,不如立刻出离这一切烦恼。修行就算苦,也不会比世俗生活中的苦更多，回报却远远胜过庸庸碌碌一生的回报。

ཉ

在家人身份的，尤其不能忘记自己是修行人，虽然也朝九晚五为生活打拼，但终究与一般人不同。别人想的是如何出人头地，你想的是如何尽早结束这头出头没的轮回；别人可以随心所欲、随波逐流，而你，懈怠放逸了要心生惭愧。

放下

传统上，我们把出离心解释为厌离轮回痛苦、追求解脱安乐的心。痛苦由执着而来，所以我们实际要远离的是执着，对自己和对周遭事物的执着。

ཉ

有些人借助佛教修行来治疗感情的创伤、丰富灵修的体验、见光见影与宇宙融合等等。我不知道佛法能在多大程度上帮你挽回你男朋友或女朋友的心，或者帮你顺利地从一段感情过渡到另一段感情。我想效果不会很大，因为佛法教的是怎样减少执着，这恰恰是你最不能接受的，你最多只能做到不跟这个人继续纠缠，但你做不到不再纠缠。很遗憾，许多人注定要在学佛的过程中体会失望的滋味。

༄

面对生活的琐碎和挫折,有时难免会厌烦得想一走了之。可厌烦归厌烦,真狠下心来跟过去、现在做了断的不多。

༄

功名利禄、是非功过,或是感情,生活里有太多的东西,不是那么轻易就能放开。要放下,说起来容易做起来难。习气若是那样容易改变,这世上的人恐怕早就解脱了。大概很多人都会同意:修出离心是最让他们感到挫败的经历,有时甚至比修慈悲更让人为难。

༄

从抓取转向舍弃,仿佛是个重大选择,而实际上我们别无选择。不管愿不愿意,我们一生都在失去。青春、欢笑、泪水、成功、失败、爱、恨、乃至整个世界,都会离我们而去。

༄

看看现在的自己,仍然活着,仍然能够感受喜悦和美好,尽管几十年的人生已经遗失,许多自认为舍不掉的东西也都舍弃。我们深深执着的人、事、一切状态,没有一样是不可或缺的。我们突然间发现,其实自己从一开始就没有什么好失去的。

如果你表面放下了，但心里还有很大的不平，处处想显出自己的高明，那么你的厌世不过是另一种竞争手段，与解脱无关。

不要把厌烦当作出离心。有的弟子心里烦躁，跟我说要"闭关"，我不便反对，虽然心里的烦恼不可能被一扇门关在外面，但关起门来修修法也好，也许由此为缘起，心能慢慢安静下来渐次走上修法的正轨。

别老琢磨自己是悲观主义还是乐观主义，这不重要。我们喜欢贴标签，积极、消极、乐观、悲观，其实佛陀并没有教我们应该乐观还是悲观，他只是说要放下执着。放下了执着不等于变得消极、悲观，相反，正是因为放不下，对某些人、某些事、自己的某种经历太执着，才会悲观厌世。

与世无争不是做做样子，是心里真觉得这世间的五光十色没什么好。

这世界上恐怕找不到一个彻头彻尾快乐的人，轮回里任何一种生命形态都不能免于痛苦，所以才要出离。

༄

舍弃今生的真正含义是舍弃得、失、毁、誉、称、讥、苦、乐这世间八法。不希求安逸富足、被赞美、被关注，不惧怕磨难挫折、被诋毁、被忽视。宠辱不惊，安贫乐道。自古以来谈个人修养必定提到这些，只不过佛教的修行人百般磨砺不是单纯为了追求人格的完善，也不为流芳百世，而是认识到得、失、毁、誉、称、讥、苦、乐原本无实质可言，执着于此不仅没有意义，而且妨碍对实相的认知。

༄

远离世间八法是真出世，否则把头剃了，苦行也好，闭关也好，东奔西跑做出各种让人称奇的事也好，都是在世间法里打转，都是为了增饰今生。阿底峡尊者曾说：纵然具备智慧超群、戒律清净、讲经说法、观修境界等等功德，如果没有舍弃世间八法，一切所为也只能成为现世的生计。

༄

大圆满龙钦宁提传承上师玉科夏扎仁波切晚年住在色达附近，法王如意宝那时十几岁，还没有去石渠求学。一天，他去拜访夏扎仁波切，进门后看见仁波切的屋子大而舒适，里面摆满了三宝所依和书籍，不禁问道："您不是夏扎瓦（舍世行者）吗？怎么还有这么多财物？"素以严肃著称的夏扎仁波切听到这个孩子大胆而直接的问题，笑了起来，说："不愧是嘉贡宗族的后代，什么都不怕呀！孩子，'夏扎瓦'的意思是指某人已经断除了对财富或世间的贪著，而不是指表面贫穷、内心却渴望财富的人。"

什么都可以是执着。这就使出离成为一件不得不心无旁骛、精进不懈去做的事，因为事事处处、时时刻刻都是陷阱。

心里放下才是真放下。出离就是这样。不看表象，只看内心。

死亡

鲜花确实很美，但用不了多久，就会凋谢。我们的生命也是一样，今天还是青春年少，但用不了多久，无常就会不期而至。

也许是因为我身份的原因，周围认识我的人当有亲戚朋友遇到不幸、灾难之类的事，总会告诉我，希望我能给他们一些安慰和帮助，所以几乎每一天，我都会听到一些坏消息。这给我很好的机会，让我熟悉人间的苦难、世事的无常，也让我迫切感受到修行的重要。

ཨ

有位弟子的邻居是一名身价很高的大企业家，平时身体看上去颇为健康。在一个项目的庆功宴上，他只喝了两小杯就突然死在了酒席上。他本来还计划着开发下一个更大的项目。下一个项目没看到，自己却已经离开了人世。而且他刚去世，家里人就为争夺遗产打得不可开交。一个人如果用所有精力去追求世间的财富，最终的结局可能都是这样。

ག

从出生开始，我们就在一步一步走向死亡。生命非常脆弱，在这个世界上，任何事物都可能杀死你，而你又没有什么方法来保护自己，可能在任何时间、因任何原因而死亡。一定要把无常的道理深深印在心上，对抗"自我"的谎言。

ཞ

无常是不看年龄的，就像汉族人常说的那句俗话，"黄泉路上无老幼"。往往就在你最意想不到的时刻，死亡突然降临，说走就走，没有半点通融，再多的牵挂也得放下。

ᚾ

曾经有一个女孩子来见我，当时她只有十七岁，在国外留学。她说一位同学的父亲在国际上很有名望，家中也很富裕，衣食住用都是世界上最好的。但不久前这位同学的父亲检查出患有白血病，他们全家都非常痛苦，尤其是患者本人，终日生活在死亡的阴影里，极度恐惧。此时此刻，他一生所积累的金钱、地位丝毫没能减轻他的痛苦，反而因为执着，更加深了痛苦。这个十七岁的女孩对此深有感触，她对我说："一个人即将离开这个世界的时候，财富和地位带不来丝毫利益，所以我不会拼尽全力去追求金钱、地位，毕业后我想回国过简单的生活，努力地修学佛法，寻求真正的解脱。"这个女孩子家庭条件也非常好，成长一帆风顺，但她在这个年龄就能对人生有这样的感悟让我十分吃惊。阅历比她多很多的成年人，更应该知道如何取舍。

ᚾ

一个人如果没有学习佛法，不管多么富有，怎样声名显赫，在生死关头，都是痛苦无助的。

ᚾ

由于佛陀的无量悲心与深广智慧，使得佛陀传承下来的教法对所有的众生都会有极大的帮助，特别是在面对生死的时候。在生死关头，用毕生精力换来的富贵，远不如一句观音菩萨心咒更有加持。

༄

我认识的许多老年居士，因为年轻时精进修持佛法，到了暮年身心自在，快乐充实。一个人如果真正将佛法作为一生的信仰，一定能得到上师三宝不可思议的加持，面对死亡时会非常从容。

༄

众生因因缘和业力得到的这个人身本来就是脆弱、无常的，在生死关头也是最能考验一个人修行的时候。临终时，平时所修学的菩提心、慈悲心一定不要忘记。另外，世间的一切全部要真正地放下，如果有一点执着，都会对往生产生很大的障碍。

༄

我在福建有位弟子，皈依后的几年里一直都很精进地修法，后来查出癌症晚期。面对快要结束的生命，她一点没有慌乱，把一切安排妥当，平时供养的佛像也都结缘给了道友。她担心自己在弥留之际会神志不清，对往生产生障碍，所以决定不打止痛针，并嘱咐家人在最后时刻不要让自己最执着的外孙出现在病床前。家人虽然不信佛，但还是尊重她的意愿。这位居士临终时,她的女儿给我打来电话,说母亲很快不行了。我让她女儿把电话放到母亲耳边,通过电话为她念诵了颇瓦法和佛菩萨的名号。大约三十分钟后,家人看见她双手合十,表情安详,顺利往生。家人因此对佛法生起了强大的信心,后来都皈依了三宝。

ཨ

以前请我去超度的人家,答应不杀生我才去,现在不一定了,有时临终前请我去修法我也会去,因为亲眼见到快要死的人,很容易生起出离心和菩提心。他们常常抓住我的衣服,说不想下地狱,不想死。看着他们,我想所有的人包括我自己最后都要走,到这个时候,情感、物质,都没有用,什么都帮不上。

ཨ

欲望多不一定是积极乐观。喇荣五明佛学院的很多出家人以世间标准而言,可以说是一无所有,一般人身处其境大概要愁死了,但是他们每天都很快乐,年轻人朝气蓬勃,老年人安详喜乐,勤奋地闻思修行,对未来充满了信心。每过一天,就向解脱迈进一步。他们说:今生是如此幸福,能依止具德上师听闻殊胜妙法,依教奉行;来世也不用担心,因为自己戒律清净,每天都在精进地积资忏障。如果你去过学院,看过那里出家人灿烂的笑容,你会知道他们说的是真心话。大家可以想一想，自己在物质上比这些出家人富裕不知多少倍，而他们自在快乐，对未来充满信心；自己却总是焦虑不安，拥有得再多也觉得未来没有保障。为什么呢？

明天和死亡，不知道哪个会更先到来。夜深人静的时候，躺在床上仔细想想，如果现在死了会去什么地方？你们可能会想到自己这一生到目前还没做过什么功德。

寻遍整个南瞻部洲，能够让我们今生得到安乐、脱离苦海的只有佛法。能在这一世得遇佛法，一定要好好修持。我们现在的这个人身也是前世积累了很多功德才得到的。要善用它，努力修法，向着光明的方向努力。

短短几十年，我们要承受大大小小无数的变故，一次一次痛苦地面对亲友的离世，最后是自己离开。

只有修行成就很高的人才能生死自如，在死亡来临时自主地决定何去何从。一般人在感受到死亡的剧痛时，都不免惊慌失措，全然忘记平日的修行，丧失对中阴境相的判断力而误入歧途，失去解脱的宝贵机会。这个时候，如果有人在一旁安慰、提醒、引导亡者克服死后的惊恐，镇定下来，清晰无误体认自性之明光，或者辨认其后出现的诸佛菩萨清净刹土之显现，那么亡者即可获得解脱。

ཉ

面对死亡，顺利地走过死后中阴的陷阱，是藏族人生命中的大事。阖家团圆从来不是我们心目中幸福的体现。我们最大的幸福是解脱，只要一家人都走在通向解脱的路上就满足了。

ད

你如果真心对谁好，就让他学佛，发愿一起往生净土。

ཉ

对佛教徒来说，帮助亲人获得解脱就是对他们最有力、最有意义的关怀。全家都学佛，才是真正的安乐家庭。

暇满人身

因缘具足才能入佛门、求解脱。一些人从世俗的角度来说，也许聪明能干，然而，如果这种聪明和能力只是用来谋求衣食，甚至用来造恶，那么长劫累世积累福报得来的这个人身，不但毫无意义地空耗了,而且成为投生恶趣的因缘。

ཉ

全球二百多个国家,七十多亿人口,信佛的也就只有几个亿,真正能精进修行的就更少了。在地球上的很多地方,一亿个人里也看不到一个手拿念珠的人。

ད

我们真的不知道暇满人身——这个可以用来修行正法、寻求解脱的人身有多么殊胜。我们需要更仔细地去观察自己以及周围的人的生活,结合实际去体会在这个世界上要具备得人身、业际不颠倒、闻佛法、生正信等等条件何其困难。

བ

靠杀生、欺骗、偷盗、邪淫等方式谋生的人不在少数,所谓业际颠倒就是这样。他们需要造很大的恶业,才能换来少许的衣食受用。

ད

天道众生虽然受用具足、无衰无病、无忧无虑,福报比人大得多,却少有解脱的缘分。因为他们生活得太安逸,不知痛苦、匮乏是什么,又对安乐富足习以为常,很难生起求解脱的心。天人只有在漫长的生命即将结束时才突然警醒,原来痛苦下堕时时刻刻都在逼近,而这时再想做点什么逃离痛苦，已经来不及了。

༣

人道众生无可避免地要在短暂的一生中经历忧患变迁，本能地会对痛苦生起畏惧、躲避之心，希求安乐。如果有机会得到正确的引导，会进一步认识到世人所追求的功名富贵、健康长寿等幸福也是无常的，终不离痛苦。轮回中痛苦普遍存在，要想彻底地离苦得乐，只有解脱轮回。

༣

虽说地球上人口的数量已经超过七十亿，但比起三恶道众生的数量来，人又是那么少。地狱与恶鬼道里众生的数量数也数不清，旁生道少一点，可是与人道相差也是几百万倍不止，光一个山谷里的生命都比全球的人口多很多。

༣

地狱、恶鬼、旁生这三恶道里痛苦比较轻的是旁生道，但旁生道的众生就算是狮子、老虎，也随时有生命危险，总是处于恐惧之中，为了填饱肚子都得去杀害别的生命。

༣

马、牛、羊和人类活动比较近。牛在青壮年的时候一直拉重物，老了就被杀死吃掉；母牛一直在挤奶。这些动物今世痛苦，来世也不会好的，越来越苦。

有的动物长得很可爱，聪明乖巧，被人类养起来作宠物，主人对宠物也是百般疼爱，猫有猫粮，狗有狗粮，还打扮起来参加比赛。可是，再名贵的宠物也有生老病死的痛苦，也会有贪心、嗔心而导致内心痛苦，而且，动物的天性都是喜欢自由的，被关在再舒适的房子里，也像坐监狱一样。最重要的是，叫它们念一句佛号它们也念不来，完全不可能通过修行改变自己的命运。

人生苦乐参半，有足够的痛苦让我们生起对解脱的向往，又不至于太过痛苦而无力无暇朝解脱的方向努力。生老病死、悲欢离合，幸福的、悲惨的、成功的、潦倒的，人生的种种经历，无一不在启发我们觉悟。

得到了这个人身，想获得解脱的话，是有条件的。条件具足时，要抓紧时间修行，不要一拖再拖。"人身一失，万劫难复"，不在这个难得的机会里精进修行，谨慎取舍因果，断除恶业，将来再想得到人身非常困难。

扎西持林附近有位老人常常杀生，后来他

病得很重，请达森堪布过去。老人哭得很厉害，说："希阿荣博上师说不要杀生、不要造业，现在才明白这些话是对我们说的。你们说过要好好发愿，我没有做到；你们让我修法我也没好好修。如果你能帮助延长寿命，哪怕只有一年，我发愿一年里一点时间也不浪费，好好修法。"达森堪布回来后一直感叹这个老人很可怜。

如果不趁着自己身心自由的时候好好修行，死亡降临时会非常痛苦，那时候再怎么后悔也来不及了。如果现在就开始努力精进，那么越接近死亡，身心会越自在。

既然得到了如珍宝般的人身，就绝不能让这个人身在无意义的琐事中空耗。抓紧时间精进修法，任何情况下都不应该停止，这是我对大家的一点希望。而且如果我们能利用有限的生命利益众生，那么我们所获得的这个人身可以说是非常有意义。

因为暇满难得，所以要善用此生多多行善；因为人生无常，所以行善要趁早；因为因果不虚、轮回过患，所以一定要行持能带来解脱的善法。

别解脱

修行的方法很多,但基础是戒律,根本也是戒律。无论修什么法,都要以清净的戒律为基础。戒律就像树木的根,树根长得好,树干肯定会生长。有了戒律,功德自然会增长。

居士戒

ཀ

皈依以后成为佛弟子,具体而言,释迦牟尼佛教法下的四众弟子分别为比丘、比丘尼、优婆塞、优婆夷,也就是出家男众、出家女众、在家男众和在家女众。

ཁ

出家人受沙弥戒、比丘戒,在家人受居士戒,否则很难得到菩萨戒、密乘戒。能够守出家戒的话,最好守出家戒,守不了出家戒,应该守居士戒,哪怕只守一条。

ག

末法时期众生贪嗔痴烦恼粗重,守戒很

难,但功德也大。释迦牟尼佛说过,末法时期守持一天清净戒律的功德,比佛陀在世时守持二百五十三条比丘戒的功德还大;以三千大千世界的七宝供养十方三世诸佛的功德,不如在末法时期守持一天清净戒律的功德。

ཀ

在释迦牟尼佛教法下即使只受一条居士戒,在不破戒的前提下,即使没能精进修行,最迟也会在贤劫第五佛弥勒佛示现成佛后出世转法轮时,成为首批眷属而从六道轮回中获得解脱。

ཁ

有人可能会想,如果来世往生到了阿弥陀佛的西方极乐世界,或者修行密法成就了,即身成佛,怎么还会成为弥勒佛的眷属呢?这不矛盾。只要我们是释迦牟尼佛教法下的四众弟子,有利益众生的心愿,在弥勒佛成佛时,由于愿力成熟,也会像观音菩萨、文殊菩萨一样,示现为弥勒佛的弟子,在南瞻部洲跟随弥勒佛一起度化众生。

ག

众生的根基不同,诸佛的愿力也不同。有的众生要以佛的形象度化,有的众生要以菩萨的形象来度化,有的众生要以罗汉的形象来度化,所以诸佛会以悲心幻化各种形象来度化众生。事实上,观世音菩萨、文殊菩萨很早以前就成就了佛果,是古佛再来。

上师为临终的人修法,修颇瓦、念经、打开密法坛城,这些功德不可思议,但最好亡者自身带着清净的戒体,对解脱有很大的帮助,除非能请到颇瓦修得非常好的上师。

在家人的居士戒守持起来非常容易,不杀生、不偷盗、不邪淫、不妄语、不饮酒,五条居士戒能圆满守持当然最好,做不到的话可以量力而行,在自己的能力范围内逐渐增加。

居士五戒,一般先守持不饮酒戒,在此基础上,根据自己的情况,守持一条其他的戒律,比如不杀生等,这叫一戒居士。在此基础上,如能再守持一条戒律,如不妄语等,叫二戒居士;如果再能守持一条不偷盗等戒律的话,就叫多戒居士;再能守持不邪淫等戒,就叫圆戒居士。如果还能戒除不净行,就叫梵行居士,这也是最接近出家人的戒律了。

居士五戒是释迦牟尼佛为在家修行的弟子制定的戒律,居士五戒的内容在显宗和密宗里没有什么区别。

不杀生不仅是佛教的戒律,有些杀生行为

世间法律也不允许，在家居士应该都可以受持这条戒律，做到不难。

ད

若有明确的杀害动机，有具体的杀害对象，实施了杀害行为，并结束了对方的生命，就构成完整的杀生行为，若未忏悔清净此恶业，则须承受完整的杀生果报。没有亲自实施，但指使他人实施杀生的行为，断众生的性命，也属于杀生，过失一样。

ད

吃药堕胎，杀死胎儿，这也是杀生，和杀人一样。认为胎儿还没出生，看不到、摸不着，所以堕胎不算杀生，这在佛教里是错误的观点。

ད

杀生的因果非常大，作为一个发愿度化一切众生的大乘佛子，绝不应该做出这样的行为，希望大家尽可能地受持不杀生的戒律。

ད

盗戒规定得非常细微，它的对象是所有不属于自己的财产，包括个人财产和公有财产，即有主财产。对不属于自己的财物生起盗取的心，实施了盗取的行为，使这些财物离开了本来所属的地方，并且价值超过一定的数额，就破盗戒。自己生起盗心，教他人去实施盗的行为，也破戒。

ད

做生意时，故意欺骗对方、骗取钱财或者

偷税漏税、伪造发票等等，这都破盗戒。

ཅ

对于盗戒所确定的数额可能有不同的说法，但都非常细微。守持盗戒有一定难度，在受持这条戒之前，一定要仔细观察自己，根据自己的情况决定是否受持。能够守持的话，可以受戒，不过我想老年人应该都能受。

ཆ

邪淫指与合法配偶以外的人有不净行，与合法配偶，在白天等不正当的时间、以不正当的方式或在佛像、佛经、佛塔等三宝所依的旁边等处行不净行，女性生理期间或者在守持八关斋戒时做不净行，也破戒。谈到这条戒律时不要不好意思，这是为了讲佛法，没什么，平时做了不该做的事情生起羞愧才对。

ཇ

居士五戒当中的妄语指大妄语。以欺诳之心，说一些自己本没有的功德和事情，比如没见到本尊或佛菩萨，没有神通，却对别人说自己见到了本尊，说自己有神通，这是大妄语。出于各种原因打其他妄语，也有很大的过失，但只有说大妄语时，才破居士戒。

ཉ

妄语必须是对人说，存在欺诳之心，并使他人听到。

༡

你说谎话别人可能不知道,但自己是清楚的,那样不好。

༢

大家都是正常人,不会在别人面前胡说八道,而且即使你对别人说自己有神通、见到了本尊等等,稍微有点智慧的人都不会相信你说的话,所以何必去说呢?不打妄语这条戒律应该很好守持。

༣

酒戒里指的是所有的酒类,受持了这条戒律后,只要饮一滴酒就会破戒。释迦牟尼佛说过喝一滴酒都不是佛弟子。你高兴也好不高兴也好,佛陀就是这样说的。

༤

酒的定义是什么呢?在《大智度论》卷十三中讲到:"若干若湿,若清若浊,如是等能令人心动放逸,是名为酒。一切不应饮,是名不饮酒。"

༥

喝酒对修行人的危害非常大。古印度有一个出家人因为喝了一点酒,破了所有的戒律,最后不得不在后世感受无量痛苦的果报。

༦

《四分律》中列举了饮酒的过失:"佛语阿难,凡饮酒者有十过失。何等十?一者颜色恶。二者少力。三者眼视不明。四者现嗔恚相。

五者坏田业资生法。六者增致疾病。七者益斗讼。八者无名称,恶名流布。九者智慧减少。十者身坏命终堕三恶道。阿难,是谓饮酒者有十过失也。"

真正对释迦牟尼佛具足信心的佛弟子绝不会喝一滴酒,就算是会供的时候,也只能用手指沾一下放在嘴唇上表示接受而已。

不管受持了什么戒律,受戒后一定要认真地守持,仔细取舍因果。有些行为虽然没有破居士戒,但如果做了,因果同样存在。

按照小乘,如果破了戒,虽然经过忏悔能够清净业障,但戒体已经无法恢复,今生不能成就阿罗汉的果位。按照大乘,如果破了戒,经过忏悔能够清净业障,戒体也可以恢复,但修行受很大影响。

在显宗里,清净居士戒的方法主要是守持八关斋戒,清净出家戒律的方法主要是安居等。

八关斋戒的功德,佛说十方三世诸佛菩萨于

八关斋戒

无量劫中也宣讲不完。简单地说,其究竟的功德是迅速成就佛果。暂时的功德是:不杀生,来世健康长寿;不偷盗,来世财富圆满、无碍享用,不会被他人所偷、所骗;断除不净行,来世相貌庄严,见者欢喜;不妄语,来世不为他人所骗,所说话语众人信服听从;不饮酒,来世智慧圆满,世间、出世间的事业全部通达无碍;不睡高广大床,来世受众人赞叹恭敬,所到之处用具圆满;过午不食,来世食物圆满,无需勤苦劳作自然获得;不涂香抹粉,来世相貌端正,身上自然显现香气;不唱歌跳舞,来世身心调柔,为众人讲经说法,利益众生事业广大。

ༀ

居士戒中的不杀生指的是不杀人,也包括胎儿,八关斋戒中的不杀生指的是不杀害任何有情众生。

ༀ

居士戒中不邪淫的戒律,指的是不和自己的合法配偶之外的人行不净行等,但八关斋戒时即使与合法配偶也不能有任何不净行。

ༀ

居士戒中的妄语指的是大妄语,比如"我见到本尊,供养了本尊","我看到恶鬼,打死了恶鬼"等等,八关斋戒中的不妄语,是不说任何妄语,不管是大妄语还是小妄语。

ༀ

在佛陀时代，只有尊贵的人才能享用高广大床。享用高广大床时，很容易让人生起贪心与傲慢心，所以佛陀制定了这条戒律。

ༀ

涂香抹粉、戴首饰、唱歌跳舞，这些会使人增上贪心与傲慢心，同时也会增长他人的贪心，针对众生相续中的这些烦恼，佛陀规定在八关斋戒期间断除这些行为。最好能终生断除，如果做不到，在守持八关斋戒期间，一定要断除。

出家

有人说如果人人都出家，男不耕、女不织，社会就无法发展、人类无法繁衍，这样的假设是不成立的。佛法讲因果，一个人这一世是男人还是女人，是出家还是在家都有因缘，不是假想就可以。如果可以这样假设的话，那么假设男人都变成女人，社会又该怎么办呢？

ༀ

出家不是每个人都做得到的，不了解佛法的人不懂出家人的发心和出家人守的戒律，以为住在寺庙里穿着僧衣就是出家。

很多祖师大德都说过，发心出家，仅仅向着修行的方向走七步，功德都不可思议，更何况真正出家修行，这肯定是以前行持了无量善业的结果。出家绝不是为了自己的解脱和安乐，而是为所有的众生能够离苦得乐最终成就佛果而出家修行。

在家同样可以修行可以解脱，然而障碍多，睁眼闭眼全是冤亲债主，意志不坚定的话，修行路上进一步退十步，举步维艰。

有些人学佛，不在出离心上下功夫，开口就是：我是出家好呢还是不出家好？心里为此很纠结，跑来问我该怎么办。这倒让我为难。出家当然好，障碍少，可以专心修行，进步自然快，但前提条件是要有出离心。否则加入僧团过集体生活，很容易与道友发生矛盾，或是成天被人围着叫"师父、师父"，不自我膨胀才怪。

有出离心的人，因缘成熟了就出家，因缘不具足就在家修行，发菩提心积累资粮，一样解脱。不必为此另生出一桩烦恼，也不必等到出家后才开始修行。

爱

大乘小乘

做任何事情之前，我们应该问问自己：为什么做这件事？行为的动机就是发心。在修行的时候，发心不仅决定了修行的结果，也在很大程度上影响着我们的见解和修行的过程。

ཨ

为了获得人天福报而修行，这是下士道人天乘的发心。发善心、做善事，自然会修得善果，下士道非常强调做人要正直善良，因为这是获得人天福报最关键的要素。为了自己能脱离六道轮回的痛苦而修行，是中士道声闻缘觉乘的发心。为了一切众生究竟解脱而立志成就佛果，是上士道大乘的发心，也称为菩提心。

ཨ

人天乘的出离心表现在厌离三恶道的痛苦，希求今生来世得善趣的安乐；声缘乘和大乘共称为解脱道，声缘乘的出离心表现在厌离轮回的痛苦，希求涅槃的安乐，而大乘则是进一步认识到轮回、涅槃皆为浮想，众生因为妄想、执着而痛苦，由此生起无伪大悲心，希求所有众生断尽无明、究竟解脱。

ཨོཾ

皈依后是趋入大乘还是趋入小乘，最主要就是看有没有生起利益众生的菩提心。

ཨོཾ

菩提心以出离心为基础，是对出离心的扩展和深化，不求个人独自解脱，而求众生解脱；不仅摆脱轮回的束缚，还要出离一切无明执着。因此，认为大乘不讲出离心、学大乘可以不修出离心是错误的，没有出离心，菩提心无从谈起。

ཨོཾ

大乘佛子不要因为自己发心更殊胜，遵循的见地更高，而看不起声缘乘、人天乘的修行人。一般世间有德行的人都值得恭敬，何况天人，他有他的善果。声缘乘修行人发愿不伤害众生，谨言慎行，要做到这一点需要精密严格地持戒，而很多学大乘的人经常轻易就伤害他人，真的应该感到惭愧！

ཨོཾ

法无大小，人心自有等差。众生的意乐根基不同，不要枉自分别"我是大乘、你是小乘、他是不求解脱的愚夫愚妇"。我们只是更有热情、更有勇气、兴趣更广，而且相信不仅是自己，所有众生都有成佛的潜力而已。时刻检视自己的心，确定自己是为了一切众生的究竟解脱而修行就好。

菩提心

菩提心是一切佛法的精要，是成就佛果的因。要发大愿，发无伪的真心，为无量众生的解脱立誓成佛。

关于菩提心，各教派的历代祖师都有很殊胜的教言，归纳起来就是一位修行人如果具足了菩提心，就具足了所有的佛法功德，所做的一切善法都将成为成就无上佛果之因。

普贤菩萨曾发愿：十方所有诸众生，愿离忧患常安乐，获得甚深正法利，灭除烦恼尽无余。这正是对愿菩提心的具体阐释：其一，希望众生远离挫折、痛苦、磨难，经常感受快乐；其二，希望众生真正趣入正法，信受奉行，由此摆脱轮回的痛苦，并最终灭尽烦恼，成就无上正等觉。

ཀ

以悲心缘有情，愿一切众生远离苦因及苦果；以智慧缘正等菩提，愿所有众生圆满佛果。只想自己圆满觉悟、不愿帮助众生离苦得乐，这是不合理的假设。圆满觉悟，或者说成就佛果，意味着"智、悲、力"三者圆满。在因地修行时没有悲心，果地也不会有悲心，没有悲心就不叫圆满觉悟。

ཁ

闻思和修法前，首先检视自己的发心，看看是为了自己，还是为了众生。如果是为了自己，一定要马上纠正。将希望所有众生得到安乐、最终获得佛果作为自己的发心，这才是大乘之道。

ག

在心里发愿为所有众生成佛而修持佛法，发了这个愿以后要不断地修持菩提心，训练自己。不仅仅是修法念诵时，平时心里也要记得常常这样发愿，能使功德不断增上。

ང

哪怕只在佛前供一支香、磕一个头、念一句佛号、绕一圈塔，也要发菩提心，这样我们所有的善根都会成为解脱与成佛之因，有很大的功德。

ༀ

相续当中一定要生起真实的出离心和菩提心，这样无论闻思还是进入实修，都会很快获得成就。不管做什么功德善业，修什么法门，都不要忘记以出离心和菩提心摄持自己的相续。

༢

具备出离心，修行能得到阿罗汉的果位；具备菩提心，修行能成就佛的果位，否则都只能获得世间福报。没有出离心，无法获得解脱；没有菩提心，即使再精进，哪怕一辈子在山洞里闭关修行，也不可能成佛。就像一个人，没有腿、没有交通工具，甭管想去哪，都实现不了。

༣

辛辛苦苦做了那么多功德，却不是解脱和成佛的因，不是很可惜吗？

༤

八万四千法门最精髓的都在慈悲心和菩提心里。要成就佛果，没有差错的道路就是菩提心。菩提心的功德几天也讲不完。寂天菩萨说：我们生起菩提心，就像是乞丐在垃圾堆里找到稀世珍宝，它给我们带来无尽的喜悦，满足我们所有的希求。

ཀ

"菩提心如劫末火，刹那能灭诸恶罪"。生生世世，我们因为无明和烦恼，造过的恶业数也数不清，不生起菩提心，即使很精进地修法，也难以清净全部业障。然而，当我们内心真正生起菩提心的时候，一般的业障会彻底消灭。造过大业的人，比如杀父母等五无间罪，恶业果报成熟堕入地狱一瞬间就能脱离地狱。

ཁ

如果一个人具有菩提心，不管他是上师还是普通人，我们都应当向他顶礼。

ག

发心有大小而无优劣，每个人可以随自己的因缘发菩提心，只要诚实并且是真心为了众生的解脱，发心无论大小都值得赞叹。

ང

刚入佛门的人立即就生起菩提心可能很困难，但一步步修持，相续中最终一定会生起菩提心。久而久之，造作的发心也能激发真正的菩提心。

ཅ

根据大乘佛教的教义，菩提心与空性智慧在根本上无二无别。证悟空性和修持菩提心是无法分割的，如果相续中没有生起无伪的菩提心，也不会产生证悟空性的智慧。

在实修当中，树立无我的见解可以帮助激发、巩固菩提心，修持菩提心反过来也是体悟空性最便捷有效的途径。

初学佛者不具备无我的见解也可以先修菩提心，到一定程度时对空性自然就会有所了悟。出家人、在家人，都要修菩提心。

爱自己

佛教徒是决心与自己亲密相处的人。亲密相处有两层含义：一是诚实地觉察自己身、口、意的所有活动，二是柔和地对待自己。

不往内观照，无法真正消除迷惑；不心怀温柔，修行便只剩下受苦。慈悲不仅是针对他人，也针对自己，并且首先是针对自己。缺少对自己的慈悲，很难真正对他人慈悲。

对自己友善并不是放纵自己，因为放纵只会让我们越来越不尊重自己，而不能让我们内心安乐。友善意味着以温和的方式了解自己，带着幽默感去观察自己的傲慢、无知、冷酷、僵硬。

༄

自卑与自负一样，遮蔽了我们的当下，使我们不能清楚地认识自己，同时也阻碍了我们与外界的交流。因为缺乏交流，我们感觉孤单、孤立。

༄

当处于情绪的低谷又孤立、封闭时，我们很容易认为自己比其他人都更悲惨。但是，情况肯定比想象的要好。不要相信有个叫"命运"的家伙在专门跟你作对、故意要整垮你。这个世界上不是只有你失意、无助、没有安全感。你的感受是众生普遍的感受，你并没有被遗弃。

༄

在遇到痛苦挫折时，放掉对自己的担心、怜悯、评断，不再只是在"我对我错、我行我不行"的圈子里打转，放松下来，单纯地去感知自己内心的感受，并且去与外界沟通，欣赏一下花草和晨风，也许痛苦依然强烈，却不会让你窒息、让你绝望到走投无路，因为此时你的心打开了。

༄

自以为是有时也表现为自卑。坚持认为自

己一无是处,在任何情况下都不改变这个观点,这不是自以为是又是什么?

ཉ

在开放的心中怀着敬意看待自己当下的体验,尊重自己的洞见,不否认自己的缺点和过失,也不认为自己一无是处而失去内心的庄严。即使面对自己的狭隘、冷漠、混乱,依然不忘记知足和感恩。

མ

只有不放弃自己,才会不放弃他人;只有尊重自己内心的感受,才会愿意去体念他人的感受;只有相信自己觉悟的潜力,才会相信他人觉悟的潜力,并因此走上大乘菩萨道。

菩提心的训练之所以可能,是因为我们看到万物相互依存、息息相关的事实。

ཟ

耗费一生精力企图在自己与外界之间砌一道围墙的做法是徒劳的,而这种徒劳带来的挫败感让我们很不快乐。

你我他

ཨ

我们的信念、理想、价值观什么的往往被利用来强化自我、排斥他人,不信就看看吵架的、冲突的、战争的各方,没有一个不认为自己有理的。

ཉ

自以为是不仅割离了我们与当下,而且还使我们更容易受侵犯,也更容易侵犯别人。在观察自己的过程中,如果我们足够诚实和专注,就会发现很多时候我们都在不知不觉中伤害了自己和他人。

ཙ

我们排斥他人什么,实际上正反映出我们排斥自己什么。如果你认为别人不会理解你,说明你根本不想去理解别人;如果你讨厌别人贫穷,说明你害怕自己贫穷;如果你排斥别人的浅薄、狭隘、冷漠,说明你不想面对自己身上的这些东西。所以,我们只有不排斥别人才能接受自己。

པ

每个人都有良善的一面,也有黑暗的一面。只要内心还有执着,就不能避免对人对己的伤害,嫌恶那些无明习气更重的人,就像是五十步笑百步。

正是因为全社会都极力推崇分别心,人与人之间才会这样疏离,世界才会这样四分五裂。分别心使我们用孤立、分离的眼光看待事物,万事万物之间的联结便在我们眼中消失了,所以我们很难以包容的心面对世界,而且相信自私就是利己。

修行是修养仁爱、宽容、谦让、与人为善等等能给自他带来安乐的精神品质,也就是说,要关注其他生命的福祉,并且自觉调整自身行为以让其他众生感到安适快乐。

依靠佛法的正知正见,我们调整自己对人生和世界的态度以及为人处世的方式,从狭隘、僵硬、矛盾重重到宽阔、温柔、和谐圆融,从伤害自己伤害他人到帮助、利乐一切众生,从痛苦到安乐,从轮回到解脱。

有人不知道怎样印证自己的修行是否有偏差,方法其实很简单:看看你的"自我"是否依然强大,你与他人、与世界之间的界分感是否依旧强烈。

亲密的人之间往往有太多执着,心里会有许多期望和要求,要求对方完全理解、欣赏、领受、符合我们的心意,不然便感觉失落、痛苦。对亲近的人,我们并不缺少爱,而是缺少宽容和放松。

既是有缘做一家人,就彼此珍惜、尊重,不要试图用贪爱去束缚对方,由爱生怨、由怨生恨,枉自荒废珍宝人生。

愿菩提心

菩提心不是一个空泛的概念，它以慈、悲、喜、舍四无量心为基础，有着翔实的建立步骤。

ཀ

"愿诸众生永具安乐及安乐因；愿诸众生永离众苦及众苦因；愿诸众生永具无苦之乐，我心怡悦；愿诸众生远离贪嗔之心，住平等舍"，这四种发心的对象范围广大，无边无际、没有穷尽；发心的功德不可计量，所以是四无量心。

ཁ

传统上，四无量心的训练是从"舍"开始。"舍"是慈悲心的起点和基础。

ག

四无量心你中有我，我中有你，彼此涵盖，融会贯通。慈悲、喜乐若不是以平等心为基础，则不够清净；平等心中若没有慈悲、喜乐，就会变得冷漠和无动于衷。

四无量心

ཨ

慈、悲、喜、舍都是从内心的温柔中生起。

慈爱

冷漠往往不是因为缺乏爱的能力,而是因为不相信自己敞开心胸的能力。培养慈心也可以看作是培养爱的能力,学习以真诚和善意去对待众生、与外界相处。

ཉ

倾尽全力去追求的名利对生命来说,其实没有太大意义。与之相比,内心的平和富足、亲情友情、慈善助人等对自己更有帮助,更容易产生幸福感。

ཇ

迎面走来的人,男女老少,喜欢的、讨厌的,他们都和我们一样渴望幸福安乐,只是追求幸福的手段或许很笨拙,这样地想,我们会很自然地生起同情、宽容之心。

ད

或许我们遇到的大多数人不求出离轮回,只求眼前离苦得乐,但我们还是应该尽己所能地提供帮助,让贫穷的免于匮乏,让生病的得到照料,让孤独的得到关爱,让被蔑视的得到尊重，让受冤的感到被理解，这是菩提心的一部分。

ཞ

面对穷人、病人、流浪猫狗，以及其他需要帮助、抚慰的众生，有人也许会说："我的目标是众生成佛，不是帮他们解决一时之需，满足了他们的要求又怎样呢？还是无明。"这是在为自己的懒惰、吝啬和冷漠找借口。

ཟ

我们可以要求自己以究竟的解脱为目标、舍弃希求今生来世暂时的安乐，但不能因此不尊重他人对幸福的理解和对现世福报的追求。

ཨ

作为大乘佛子，我们永远不能忘记尽虚空界无量无边的众生的福祉，但同样重要的是，我们不能忽视因为各种因缘来到我们面前、需要帮助和关爱的每一个有情、他们来世以及今生、日后以及眼前的安乐。

悲心

当人们遭受痛苦尤其是受到伤害时，心量会变得狭小，最好整个人都缩进一个桃核里，以为有坚硬的外壳保护会安全些，而实际上这只会使内心更加压抑和僵硬。

༄

善良的人都心软,心太软则容易受伤害。的确,没人愿意受苦、受伤害,但放眼看看周围,我们会发现就算用铁石心肠把自己武装保护起来,也照样免不了痛苦的侵袭,所以,佛教的修行者选择开放,把一颗柔软的心完全向外界开放。

༄

在经历痛苦时,努力保持住觉察,看到情绪的变化,看到自己的反应,看到脆弱、怨恨和惊慌,同时尽量把心敞开,让自己暴露在痛苦中,让强烈的感受去瓦解心里根深蒂固的观念和习惯。这时,我们的本心,或者它折射出来的慈悲心、出离心、世俗菩提心才会有机会显现。

༄

痛苦让我们放下骄傲,看到自己脆弱的一面,并透过自己的感受,体念到他人的恐惧、伤痛和烦忧。

༄

不要以高高在上的姿态去可怜那些境况不佳的人,那样我们非但不能经验、分担他们的痛苦,反而会给他们造成新的伤害。被人怜悯的滋味不好受，人在困境中比其他任何时候都更需要平等的沟通。

ༀ

谦卑到任人践踏也是不可取的。把自己放得太高或太低都无法实现顺利的沟通。慈悲是真心希望所有众生都得到安乐、远离痛苦，有时一味退让只会助长他人的侵略性和执着，却不能使他们快乐或免于痛苦。

ༀ

有上下、人我之分，便无法完全体悟万物同源的那份亲情。"众生"不是一个无关痛痒的词汇，它代表着在情感上与我们相通相连的一个个具体的生命。"他们"的痛苦，"我"的痛苦，原来是相通的，原本就是一个东西。

ༀ

只理解悲心的意义而没有踏踏实实地观修，无法真正生起悲心，这是过去诸佛的教诲。行住坐卧，要时时怀着悲心，以众生的解脱利益来观照自己。

ༀ

看到苦难的景象，不要马上把头扭开，在自己能承受的范围内，去体验其中的痛苦，并尽己所能地伸出援手。流浪的动物、街边的乞丐、受灾的人群，都可以成为修悲心的对境。

心生同情时，不要让这一念同情匆匆滑过，而是留住它、延长它，并试着把浅层的同情转化成深刻的悲心，让这一点悲心逐渐延伸、扩展到更多人、更多众生，最后对一切众生都生起真诚平等的悲心。

焦躁、愤怒、嫉妒、恐惧、烦闷，当我们内心被这些负面情绪占据时，我们感到备受煎熬，这时候我们应该想到：还有不计其数的众生在经受和我同样的痛苦，愿以我的痛苦代受他们的痛苦，愿他们获得轻松、喜悦。为了众生，为了自己，我一定要学会彻底解脱痛苦的方法。

人在病中，也许能比平常更深刻地认识痛苦。很多情况下，疾病会成为培养出离心和菩提心的好机会。

在遇到病痛时，要想到旁生道、地狱道，甚至人道许许多多的众生都在遭受更大的痛苦，而我们是幸运的，在难得的人身中得闻佛法，对佛生信，有上师三宝护佑，内心也乐观充实，因此我们应对其他正在受苦的众生生起真切的慈悲心，发愿以身代受他们的痛苦，把自己法喜充满的心的功德回向给他们，愿他们早得解脱安乐。

ཁ

将烦恼转为道用，我们在人生中遭遇的困难和痛苦就不再是白白承受的苦难，而是令我们生起真实菩提心的如意宝。

喜乐

喜乐针对自己是感恩，针对他人是随喜。

ག

随着年龄的增长，我们眼里的礼物越来越少，虽然得到的越来越多，我们却认为这是理所应当，因为自己聪明、能干、努力。并非所有比我们更聪明能干、更勤奋努力的人都拥有比我们更富足安适的生活，只能说我们更幸运，而我们却忘记感念自己的福报。

ང

很多人的问题都在于永远对自己不满意，不满意自己目前的外表、才智、地位、财富、受用，好了还想更好，一生的精力都用在追求更好上。藏传佛教的修行体系里，第一步就是观修暇满难得，对自己值遇的一切由衷地珍惜和感激。

ཨ

我们一辈子都在担心失去，便一辈子都在抓取、囤积，永远没有满足感。不知感念自己福报的人大概很难理解那种无所希求的欢喜。

ཨ

懂得珍惜美好的经历不难，修行人却要在困境中依然感念自己的福报。在痛苦磨难中仍能体味本心、保持喜悦安宁的人，是真正的修行人。

ཨ

由于珍惜和感激，我们做任何事情都自然而然心怀恭敬。在这个浮躁散乱的年代里，很少有人能静下心来庄重而专注地做事，所以我们的生活中少了很多优雅的东西。喜乐帮助我们找回内心的庄重和优雅。

ཨ

为别人的成功、健康、善举、快乐等等而高兴就是随喜。只有开始随喜这项训练时，你才会看到自己的嫉妒心有多强。你力求冷静和客观，但也许你只是不想随喜赞叹某人，你的委屈和失落不过是嫉妒心在发作而已。

ཨ

嫉妒除了蒙蔽我们的双眼，使我们看不见别人的优点，并让我们的内心备受煎熬外，什么好处也给不了我们。

嫉妒表面上是对别人不满,实际上反映的是对自己不满。我们在哪些方面意识到自己的不足,就会在哪些方面表现出对别人的嫉妒。

平等舍

只对亲人、朋友"慈悲"不是真正的慈悲心和菩提心,很可能是自己的执着心,和慈悲心、菩提心不是一回事。对一切众生平等地生起慈悲心并为了一切众生而修持佛法,才是真正的菩提心。

大乘修行人不会为了显示公正而力求平等。只因为内心足够开放,对一切都能欣然接受,他的所见往往超越了人我、亲疏、好恶,所以他能自然地平等对待众生,包容一切,毫无偏见。

一个人不会因为贴上了道德或不道德的标签,就能解脱或不得解脱。解脱超越了这些。慈悲行者坚信一切众生解脱的潜力,因而不肯舍弃任何众生。

人与人之间的缘分,对于大乘修行人,无

论善缘恶缘，到眼跟前都是同证菩提的缘。

如母有情

有些人认为人与人之间应该相互友好、善良，对待动物就不一定，这不是真正的慈悲心和菩提心，菩提心是平等地对待所有的众生。

修持慈悲心与菩提心可以先从自己的家人、朋友开始，希望他们获得安乐，远离痛苦；然后对普通的与自己无关的人发菩提心；最后要对伤害过自己的敌人、自己最恨的人也修持慈悲心与菩提心。对亲人、普通人、仇人，所有的众生都要发这样的心。

"六道中的众生没有一个未曾做过自己的父母"，这是佛陀与诸多祖师们留下的教言。"口食父肉打其母，怀抱杀己之怨仇，妻子啃食丈夫骨，轮回之法诚希有"，印度大成就者嘎达亚那尊者用神通看到一个家庭中的父母以旁生再转世到这个家庭后写下了这四句话，所以一定要善待一切众生。

家里养的动物，很多可能是自己刚去世的

亲人的转世，他们在死亡时没能力脱离六道轮回，堕入地狱的因缘也还没成熟，因为对前世的家人和财产执着，所以被业力牵引重新回到这个家。

藏地有些人在亲人死后，去问有神通的瑜伽士亲人转生到哪。有时瑜伽士的回答是，你家里有一只什么颜色的牛（羊），就是你亲人的转世，问的人回家一看，果然有。

狗根本不管别人家的财产，只天天看着自己家的财产，怕有人偷，这也是有前世的因缘。

前世的父母由于因缘，经常会转世到孩子的家中。我们不但不能杀生，还应该发心，希望大恩父母早日脱离痛苦，获得佛果。

牛、马生下来几天后就可以自己行走、吃草，人却需要父母养育近二十年才能长大成人，这二十年中父母付出的辛劳不言而喻，最好的衣服、食物全都给了孩子，不论用什么方式孝敬父母，都很难报答他们的恩德。

一般来说，已故的父母生前为了养育孩子

都造了很多业障，会因为一点钱打妄语，甚至杀生，也没积累什么功德，我想不会转生在什么好的地方。做儿女的没为他们念经超度，或做其他功德，他们现在肯定在三恶道中感受果报，有的在地狱里感受寒冷或热的痛苦，有的在恶鬼道感受饥饿的痛苦，有的在旁生道感受愚痴的痛苦，处境非常悲惨。

༄

如果有人告诉你，说你父母虽然造了很多业但是转世在三善道，或者说你父母已经解脱成佛了，昨天我去阿弥陀佛那，我在左边，右边的人好像是你的父亲，比在这里的时候黑了一点。这么说的人不是安慰你，就是骗你。如果杀一头牛的果报是堕入号叫地狱，那么杀害了更多生命的人死后会去什么地方？造了那么多业还能解脱，是不是因果不存在了？

༄

《地藏菩萨本愿经》里记载了地藏菩萨久远劫前为一个叫光目的女子。光目的母亲在世时爱吃鱼虾之类，死后堕入恶趣，光目女为亡母广修功德，帮助母亲脱离了恶道。藏族人的习惯会一直为死去的亲人做功德超度，因为只要他们没有脱离六道轮回，就会有痛苦。

ཀ

轮回即无明，无明便有痛苦。让母亲从此摆脱痛苦，唯一的方法就是帮助她出离六道轮回。有能力有条件的话要给已故的亲人做功德，帮助他们脱离恶道。为了他们而修行是我们义不容辞的责任，也是报答恩德的最好方式。

ཁ

佛陀天降日是一个很重要的佛教节日，是纪念释迦牟尼佛为报母恩，前往忉利天，为死后转生到那里的母亲摩耶夫人说法圆满后，重返娑婆世界的日子。尽管我们还没有像佛陀那样彻底觉悟，仍然可以帮助亲人了知解脱之道，为他们的修行创造助缘。

ག

先对自己的父母生起慈悲心，再观想往昔所有世的父母都曾含辛茹苦地抚育我们，从对父母的慈悲心推想到与自己没有什么关系的普通人，他们也是往昔的大恩父母。观修一段时间后，再进一步对敌人也生起平等的慈悲心。轮回中怨亲不定，这一世的敌人，也许就是上一世的父母。这样长时间地修持，在自己的相续当中会生起真正地希望所有众生具足安乐、远离痛苦的慈悲心，这是修学一切善法的基础。

行菩提心

愿与行

在四无量心的摄持下,愿一切众生获得无上正等觉,彻底摆脱痛苦,获得安乐,这种发愿称为愿菩提心。发菩提心之后,我们还是会自私、愚昧。没有关系,每个人都会这样。从生起菩提心到圆满证悟之间,还有很长的路要走。

ཨ

我们用布施、持戒、忍辱、精进、禅定、智慧这六种有力的方法摄持自己的言行,以帮助实现愿望,这便是行菩提心。大乘菩萨所有的行为,可以归摄为这六波罗蜜多。

ཨ

愿、行菩提心统称为世俗菩提心。经过长期修行,不断积累福、慧资粮,我们最终将见到诸法实相,即胜义菩提心。

布施

对已拥有的,随时能放弃;对未拥有的,不再贪求,内心满足,这便是最好的布施。

ॐ

面对乞丐,不要急于表达厌恶或不信任。若真的生活优裕没人愿意低三下四出来乞讨。就算被骗被利用,至少也不会给自他造成妨害。人生何处不受骗?何必跟一个笑脸相向,比你弱势的人较量。其实当我们在伸过来的空手中放下钱物,我们所做的不是布施就是供养,不用担心会有第三种情况。

ॐ

为了布施而刻意争取、积累财物,布施便也成为一种执着。

ॐ

修持布施的目的是减轻自己的贪执,如果因为布施的结果沾沾自喜,或者为了显示自己高人一等而行布施,这都有悖于布施的初衷,财布施、法布施或者无畏布施都是这样。

持戒

戒律指适当的行为,持戒就是在适当的时候做适当的事,目的是不伤害一切众生,包括自己。

慧由定生,定从戒来。善护身口意、远离贪嗔痴,就是持戒。初学者极易受外界环境的影响,身处愦闹中而不被外境所转,几乎不可能。

我见过一些佛教徒,完全没有学佛人的样子,居士五戒杀、盗、淫、妄、酒一条也不守。如果家长里短、吃喝玩乐,百无禁忌,也是修行,那么可以说全世界的人都在修行,这样的修行会有结果吗?无非在轮回痛苦中越陷越深,既然这样,也用不着修了,不修也是这个结果。

很有些这样故作高深的人,学佛不持戒,也不信因果,口口声声"万法皆空,不必执着"。佛将灭度时曾叮嘱弟子:"佛灭度后,以戒为师。"的确有一些大成就者示现在酒肆乐坊度化众生,嬉笑怒骂、行为不羁,但是他们高深的修证境界一般人无法企及。普通人几杯酒下肚,不要说不知道佛祖在哪，连自己在哪都不知道了。

持戒的目的是去除烦恼习气，烦恼习气即是生死、轮回，除了习气便了却生死、出离轮回。不持戒，这满身的习气如何除？

忍辱

行为适当意味着我们须保持正念，不轻易对状况下评判、做反弹，这正是忍辱的要义。任何情况都能适应，任何可能性都会被接受，大乘修行者的内心始终是开放的。

通过布施，我们学习放下贪著；当执着减轻，行为便不那么容易造成伤害，这是持戒；不容易起嗔恚心，这是忍辱。

急于判断和固有的观念让我们没有办法清楚认识事物。由于缺乏觉察，我们看不清事物的状况，无法了知自己的真实感受，所以处于不必要的伤痛、焦虑和混乱中。

藏文中佛教徒一词的意思是"内道者"，即

向内观照,从本心而非本心之外寻找真理的人。佛法一切修行的基础是正念,即贴近自己的身、语、意,时刻保持清醒的觉察。

༄

从修行的角度看,忍辱指遇到情况不急于做出反应,不急于逃避不安、寻找安慰,而是放慢整个事情的节奏,给自己留一点空间去观察和感受,让自己可以看清事情的原貌,而不是被冲动牵着鼻子走。这有时也被称为寡欲或甘于寂寞。

༄

修行过程中,我们往往需要做一些自己不喜欢的事,而且事情也总不像我们期望的那样顺利,如果不有意识地改变习气,很容易起嗔心。

༄

轮回是一种惯性,不断改变习惯能让那股巨大的惯性慢慢停下来。遇到情况不立即被情绪淹没,而是看看自己的反应,这就是改变。

༄

保持清醒与觉察是一件相当辛苦的事,因为它意味着在任何情况下,你都不评判、不希冀、不回避。这简直让你感觉走投无路。可是,觉察还不止于此,你还要清清楚楚地看着自己是怎样试图寻找退路、出路却无果而终的。

ད

当身处逆境时，不妨有意识地训练自己以更加现实的态度去面对生活的考验，看看从逆境中能得到什么有益的东西。

ད

可恶之人是我们的老师，他会毫不留情地指出我们的执着在哪里。对这些以怨敌形象出现的老师，不论我们现在感觉多么难以接受，最终都会真诚地希望他们快乐。没有他们，我们在仁爱的道路上真的无法一次又一次超越自己。

精进

我们对自己的创造力，对自己的变化充满了兴趣，因而想知道得更多。如果生活过于繁复，妨碍了这种求知，我们便欢欢喜喜地让生活简单；如果这种求知需要一辈子，我们便一辈子欢欢喜喜地走在求知之路上，不因为旅途艰辛漫长、看不到终点甚至似乎没有终点而着急、沮丧，这就是精进。

ད

修行不是一场魔术表演，从头到尾让你兴奋、惊奇、目不暇接。它也不是逃避日常琐事的盾牌，因为它可能比你企图逃避的日常生活更加琐碎平常。修行没有什么宏大的目标,只是不再自欺而已。

ཀ

修行是次第而行,平凡而具体、每天都在做的一件事,像吃饭、睡觉那样。

ཁ

衣服上的灰尘容易洗掉,心里的灰尘最难洗。在修行路上坚持不懈,做到这一点比我们预想的要艰难得多。每一个修行人都会一再失败,一再跌回旧的习气中。尽管如此,我们还是一辈子都在精进修行,不放弃也不逃避。

禅定

皈依三宝,说明我们决心无惧地面对生命中的一切,不再寻求慰藉、寄托、照顾,除了切实地经验当下,不再企图另寻出路。

ག

我们之所以很难体会到本心,是因为日常生活中所作所为大都在牵着我们朝与本心相反的方向走。修行不为再去成就什么、证明什么,而只是引导我们放松下来,慢慢去贴近本心。

ཱ

我们若能放松下来，不把生活中的每件事都看得至关重要，而是将更多的注意力放到修行上，生活并不会因此变得更糟。相反，真正的转变会在这时出现，我们也会因为放松而尝到自由的滋味。

ཨ

期望和恐惧其实是同一个东西的两面，有期望就会有恐惧，而回避则会加强恐惧。不迎不拒使我们放松下来，让心与外界连接，不刻意追求任何状态或结果，只是安住。这时，我们才更有可能瞥见一切思想行为、一切欢喜哀愁背后的那个东西，这实在是最为重要的修行。

ཅ

放松下来，不再对抗，习惯那种不确定性并安住于此，有人也把这称为自在。

ཆ

如果能安住，不离清醒的觉知，则一切行动都可以是禅定。没有定力而企图在喧闹之中不散乱，几乎不可能。对初学者而言，远离诱惑和嘈杂的寂静处，是帮助生起禅定的理想环境。

ཇ

你们不要以为只有面目可怖、张牙舞爪的形象才是魔鬼，其实所有干扰修行、障碍解脱的事物都是魔王波旬的化现。它经常隐藏在看似平常的事物后面，扰乱我们的心，如果不能认清它的本质，就很难得到解脱。

不少学佛人只学打坐，以为坐功到了就是得道，对闻思、磕头、忏悔、放生、念佛持咒等善行，都未得要领。禅坐只是入定的一种方法，不是学佛的目的。由定生慧方能入道，否则坐上千万年也还是在轮回中未得解脱，更不要说圆满证悟。

智慧

佛法中所说的智慧是空性智慧，不是指世间为人处世的聪明灵巧。

般若空性超越文字，从感受上来说，它比较接近于内心的极度开放状态，清明、辽阔、不固著、不僵化、不拒绝、不期求、不留恋，一切皆有可能。

以开放、清明的心去布施、持戒、忍辱、精进、禅定，你将体会到无所不在的空性。

《金刚经》和《心经》在汉地流传得很广，这两部经所宣讲的般若法门，在显宗里可以说是最高的法门，文字不多，却是整个般若法门的精华所在。

般若法门中经典非常多，光是大般若经就有十二部，念诵一遍至少要一两个月，但念一遍《金刚经》、《心经》最多一个小时，佛陀说过这两者功德一样。念诵《金刚经》对遣除修行中的障碍、开启智慧有很大加持。汉传佛教和藏传佛教的历史上都有许多人依靠修持《金刚经》获得成就。

证悟空性与生起大悲心是同时的，生起大悲心与断除恶行是同时的。"一悟便休"，休的是妄想，不是菩萨的六度万行。真正悟道了，处世待人，和光同尘，见地比虚空高，但取舍因果比粉尘细。

菩萨戒

当你做一件事，如果心量放大到要把所有众生的安乐都考虑进来时，你就能够坦然地承受所有的辛苦、磨难，因为你的心胸足够宽阔。

ཀ

如果把菩提心比喻成一粒种子，那么菩萨戒就是土壤、阳光、雨露，呵护种子生根、发芽、成长。

ཁ

在我们的世界里，时间是单向的，人生是一条单行道。任何事情发生了就无法重来，我们也无路可退，菩萨戒帮助我们放下早先的自欺。

ག

受持菩萨戒意味着我们不再以为自己与众生是割离的，不再相信自己与众生能割离开。

ང

第一次受持菩萨戒时，一定要在一位具德上师前受持，以后每天培养自己的菩提心，并在佛菩萨面前受持菩萨戒，使菩提心不断增上。

ཅ

藏地寺庙一般会在释迦牟尼佛初转法轮日传授菩萨戒，我曾经在法王如意宝面前受持过三四次菩萨戒。第一次是在1987年法王去五台山前，藏历六月初四释迦牟尼佛初转法轮日，我在法王面前得到了圆满的菩萨戒体。法王如意宝是真正的具德上师，我受戒的地点喇荣山谷是宁玛派修行的圣地，曾经有十三位大成就者在那里获得了虹身成就，与我同时受戒的一千多名道友，也是清净的僧团。

༈

从法王如意宝那里得到清净的菩萨戒体后，二十多年来，我一直尽自己的努力修持菩提心，但并没有具足菩提心，不是很具德的授戒上师。这些年我一直没有正式传授过菩萨戒，但是多呷堪布再三要求，所以今天才同意给你们（札熙寺僧众）授菩萨戒。今天是个很殊胜的日子（藏历六月初四，释迦牟尼佛初转法轮日），在这样的日子里得到圆满的菩萨戒体，对你们将来的修行会有很大帮助。

༈

凡夫人修持菩提心，刚开始时，要在好好守持戒律的基础上，每天精进修行，以后在自己的相续中会自然而然地生起菩提心。

༈

《佛子行三十七颂》是藏地大成就者无著菩萨所作，这是佛法中的精华，加持很大，里面写了很多怎样生起菩提心的教法，八万四千法门全包括在这里，最好能背诵。无著菩萨说听一百零八遍可以生起和增上菩提心。很多大德都修这个法，法王如意宝也是，他从多位上师那里得过这个法的传承。在喇荣五明佛学院一直传讲这个法，按此修行。我自己听过一百多次，在法会上也都先传这个法。

ཅ

你们可能认为我平时说话比较严厉，管理也很严格，但实际上在我心里，没有记恨过任何人，没有舍弃过任何一个众生。我这么说不是为了证明自己有多么高深的境界，而是希望你们受戒后，好好地守持菩萨戒体。

ཆ

有人问我：菩提心的修持需要多久？我的答案是：生生世世。

三殊胜

修持佛法首先应该知道修行的方法。在修持善法时怎样发心？修法时心是不是被外缘所转？修法后有没有如理如法回向功德？这些都关系到修行能否成为解脱和成就之因。

॥

行持善法一定要以三殊胜来摄持，这样行善的功德才能日日增上、直至成佛永不灭失。这三个修法按顺序是加行发心殊胜、正行无缘殊胜和结行回向殊胜，其中发菩提心要贯穿修法全过程。

॥

有四种心念或行为会使我们的修行失去其本应有的价值：嗔怒、夸耀、懊悔和不回向功德给一切众生。缺少三殊胜的摄持，这四者当中任何一个都能耗尽我们的善根。

ཁ

一念嗔心能摧毁一千大劫里上供下施积累的所有福德善根，凡夫遇到违缘，很容易起嗔恨心，损毁自己的功德，无始以来修法的功德都可能灭失。

ག

现代社会生活节奏非常快，人们好像都不屑于有耐心，比着看谁脾气大、爱发火。如果事情没有按自己期望的样子发展，马上就急了。大家下意识里都觉得只有事情都符合心愿，做自己喜欢的事，才能快乐。说实在的，无始以来我们一直在做自己喜欢的事，结果不还是在轮回里不快乐着吗？可见随心所欲并不能保证快乐。既然如此，不称心如意的时候也没必要大动肝火。

ང

堪布阿琼仁波切在他的大圆满前行讲义里说：有些人做了一件微乎其微的善事，也要在走路的人前坐着讲，在骑马的人前站着讲。想象一下这场景该多么滑稽：挡在路上不让人走，非要跟人家说自己的功德。现如今，这种夸耀的风气应该比阿琼仁波切那个年代更盛了吧。

ཅ

懊悔总是跟疑虑相提并论。对佛法的功德

心存疑虑,就会不时地后悔:那个东西要是没有供养或布施掉就好了!要是没花那么多精力学佛就好了,为了学佛放弃了很多挣钱的机会,现在才这样不如意!这是没有真正懂得佛法的价值。

༄

有人觉得如果把功德都回向给众生了,自己不就没了吗?上供下施岂不白忙活一场?这种担心是多余的。你也是众生之一,把功德回向众生,你自己怎么会没有功德了呢?功德不回向众生当然也不会消失,只不过善业果报享用一次就穷尽了。

༄

有时候人们倒不是因为舍不得功德,只是忘了回向。就像随时都得想着把自己辛勤劳动的成果贡献出来,与众人分享,回向与我们平时的习惯太不一样了。

༄

修法前先端正自己的发心,放弃贪嗔痴等妄念,在相续中真正生起为了所有六道众生得到解脱、最终成就佛果而修行的想法,也就是菩提心,这是加行发心殊胜。

༄

发心后开始修法,修法会很圆满。正确的

发心会像铁钩钩着草垛一样，提摄住我们的善根，使它不至于在肆虐的业风中溃散零落。

ༀ

同样一件事，不同的发心会有不同的结果。比如喝水时，观想把最好吃的、最好喝的供养给上师三宝，并把供养三宝的功德回向给一切众生，愿一切众生悉得安乐解脱，这样就种了菩提因，会得菩提果，将来能成佛。假如喝水只是喝水，没有以菩提心摄持，也许没有什么害处，但没什么好处，最多是现在不会渴死，却不是将来成佛之因。

ༀ

广大清净意乐菩提心之所以清净，是因为它远离贪、嗔、痴、慢、疑；之所以广大，是因为它不狭隘。如果我们不以这种发心行事，就会有所期待，期待回馈或一个看得见的结果。有期待就有恐惧、怨恨、骄慢和失落。

ༀ

学佛很多年，可是你仍然没有太多进步，还是那么容易受伤害、被触犯，还是经常犹疑：把时间和精力花在修行上是否真的有意义？如果没有正确的发心，会很容易就退失对佛法的信心、退失学佛的热情。

一些人希望通过学佛得到自己想要的东西,比如健康长寿、事业顺利、家庭和睦。学佛、行善能积累福报;福报足够时,这些愿望就会实现。可是,如果以这种心态学佛修行,当福报不够,想要的一直得不到,就会失望,失去学佛的动力,甚至抱怨佛法不灵、上师加持力不够。这种心态很普遍。有时它会狡猾地隐藏在我们内心某个角落里,不仔细观察很难发现。

修行的旅程不会一帆风顺,所有的修行人都在不断地面对挑战和挫折,清净的发心能保护我们免受众多无谓的干扰,怀着信心和热情坚持修行。

正行无缘殊胜,指修持佛法时善根不被外缘毁坏。彻底做到善根不被违缘穷尽,对初学者来说太难。初学者在修持佛法时,将修法的人、所修的法以及修法的过程本性观想为空,显现如梦如幻,能生起这样的见解,也可以。如果暂时这也做不到的话,至少要在修法时尽量放下执着,心不外散。

念经持咒的时候,心里不要想着柴米油盐、

人我是非，顶礼的时候，不要身体在顶礼，嘴里却在跟旁边的人说闲话。修法的时候，需时刻提起正念，专心向法。

ॐ

如果修行时心跟着外缘所转，即使表面上念了很多经咒，但修行的效果与专心致志持一句心咒相比，也许后者功德更大。

ॐ

将一滴水融入大海，只要海不枯竭，这颗水滴就不会干涸，这就是回向的功德。修法结束后，将所有功德如理如法回向给一切有情众生，尽量做到无缘殊胜，即所回向的众生、发心回向的人和所回向的功德都如梦如幻、了无自性，这就是结行回向殊胜。

ॐ

在回向时，如果将修法的人、所修的法及修法的过程执着为实有，虽然能获得安乐果报，却不是解脱的因，所以应当舍弃这种回向。真正的三轮清净的回向，要求达到三轮无分别的程度。对初学者来说，可以实行相似的三轮清净回向：将自己以往已经积累的、未来将要积累的、现在正在积累的善法，佛菩萨的无漏善法，一切有情的有漏善法，综合起来，为了一切有情远离苦因及苦果、获得佛果而回向。

回向使善根与日俱增，无以穷尽。从现在起直到究竟成佛，哪怕我们因为此善根享尽人天福报，这个善根也不会用尽，始终是我们成佛道路上圆满福慧二种资粮之因。

末法时期，众生的贪、嗔、痴烦恼很重，功德容易灭失。就像我们摘了一袋水果，如果保存时绳子没有系紧，水果随时会漏掉。回向就像系紧了口袋，功德不会毁灭。

我有时听到有的弟子希望功德回向给自己的父母健康长寿、家庭和睦等。学佛人不能太自私，自私的话，很难成就。如果你的父母家人没有成就的话，肯定也是六道当中的众生，我们如理如法地回向，他们会得到利益的，不用担心。

回向的时候，可以心里想"诸佛菩萨如何以三轮体空的方式回向，我也如何回向"，口里念诵《普贤行愿品》回向。时间不够的话，可以念其中"文殊师利勇猛智，普贤慧行亦复然，我今回向诸善根，随彼一切常修学"和"三世诸佛所称叹，如是最胜诸大愿，我今回向诸善根，为得普贤殊胜行"两个偈颂,这样可以代替真正的三轮清净回向。

༄

在许多许多年以前,法王如意宝在他为利益众生的无数次的转世当中,曾经有一世转世为善财童子。善财童子最初修行的地方是五台山的善财洞,后来在文殊菩萨面前发无上菩提心,并按照文殊菩萨的教诲,依止了一百多位善知识,最后见到普贤菩萨,圆满了一切功德。正是在善财童子的祈请下,普贤菩萨宣说了《普贤行愿品》。

༄

由于往昔的愿力和因缘,诸佛菩萨在众生面前的显现各不相同。普贤菩萨的显现是行愿第一,他发下的十大愿王,从礼敬诸佛到普皆回向,是一切欲求无上佛果的学佛人必须行持的殊胜法门。法王如意宝曾经说过,如果一个修行人每天能念诵一遍《普贤行愿品》,他的人生可以说是很有意义的。

༄

你们平时做生意,为得一个好价钱,都会再三考虑怎么谈,关系到自己今生后世的修行就更应该仔细考虑。

有些人经常手不离念珠，口不离经咒，一有时间还会去转绕佛塔，这很好，但不知道你们在念经、转塔前有没有仔细地观察自己的发心，是不是用菩提心来摄持？在一天的修法结束时，有没有回向功德？

修法、听课，都要用菩提心来摄持善因，这样才能最终成就佛果，饶益众生。如果三殊胜的修习方法很熟练，还可以同时观想这一切都如梦如幻、没有自性，并安住在这种体会中，会更好。做不到用三殊胜摄持，可以先试着时刻用菩提心来摄持自己，并逐渐稳固这样的发心。

有的居士以为三殊胜是早上好好发心，念经时好好修正行，睡觉前再回向。这不一定，做善法随时都要回向，同时要有菩提心。三殊胜只是一个顺序，随时要记住，并不是分成早中晚。

晋美林巴尊者说过，三殊胜法是解脱道路上必须的法和条件。三殊胜法仔细讲需要好几天时间，简单讲按这几点去修也可以了，这些修行的窍诀一定要记住。

ཨ

　　大乘显密的一切实修法都超不出三殊胜的范畴。想成就圆满佛果，三殊胜缺一不可，有三殊胜则足矣。

谨慎取舍

因果不虚

如果现在就开始精进修行,这一生结束时往生极乐世界应该会比较容易,但我想大多数人恐怕还是会继续在六道中轮回,甚至堕入恶道,原因就是很多人不相信因果。不信因果,人就可能造下很多恶业。

ཨོཾ

有的人说相信因果,相信来世,但行动上不那么做,继续造各种恶业,这就是口头上说信,实际上不信。

ཨཱཿ

世间人也许认为如果做了违法的事,只要不被发现,就可以逃过法律的制裁,但因果的法则没有这么简单。释迦牟尼佛告诉我们因果不虚,自己造下的恶业无论经过多长时间,如果未忏悔清净,将来都会在自己的身上成熟。

无论什么情况下,都要仔细地取舍因果,善护身、语、意三门。这个道理你们一定要记住。这个世界上神通、智慧、功德没有谁的显现比佛高,佛说因果存在,那么造业就一定会受报。

关于因果取舍,要严格依据教证、理证,不可想当然,不可信口开河。

十善十恶

行持十善业、远离十恶业是今生安乐,来世不堕恶趣的基础。在藏地,历史上很长的时间里,十善业是社会普遍的行为准则,但后来佛法日渐衰微,情况有了很大变化。现在虽然几乎所有人都知道十善业的内容,但没有违犯的人也很少很少。

十善业是身断除杀生、邪淫、偷盗,语断除妄语、两舌、恶口、绮语,意断除贪欲、嗔恚、邪见。

"若杀一有情,需偿五百生",杀害众生

的生命，不但与慈悲心、菩提心相违，而且果报非常可怕。杀生的人短命多病，将来还会在地狱中感受更加痛苦的报应，所以我真的希望大家都能断除杀生的恶行。

从出生到现在，有的人杀生的数量恐怕绝不止一两条，几十条几百条也会有的，喜欢吃活鱼活虾、生猛海鲜的人好好想想，你们一顿饭就杀了多少条生命。

如果伤害了众生的生命，又没有按照四对治力忏悔，这个果报将来肯定有一天会落到自己身上，逃脱不了。我们平时可能连一根针扎到身体上都承受不了，到那时怎么忍受？

将佛像、佛经、上师的照片或者唐卡等三宝所依放到不清净的地方，这也会有很大的因果。

有些人做了错事，来问我后果会怎么样。不用来问我，我没有神通，释迦牟尼佛讲得很清楚，善有善报，恶有恶报，根据这条真理来判断就可以了。

凡夫人在世间生活，没有断除贪嗔痴，要想不造恶业很难，为了自己的孩子、家庭都很容易造业，死后这些果报肯定要由自己承受。

《俱舍论》中说，众人共同参与一件事，所有的参与者都得到同样的果报。一个人造恶业，周围看热闹觉得欢喜的人都一样有业障。一家人共同生活，共同造作的业障，会感受同样的果报。好好修行的话，家人也能得到功德。

打猎、卖枪的果报都很重。拉喇曲智上师说，打猎的人在山谷里，山下喝水的众生解脱都会受到影响。

普通人造过的口业可能数不胜数。有的人从小到大说过很多妄语，有的人经常恶口，看到有残疾的人，说别人是瞎子、聋子，这都是粗语，会伤害别人的心。就是平时开玩笑的时候说一些粗语都会有因果。《百业经》中讲，即使是辱骂一个旁生，也会在五百世中感受果报。

亲戚朋友、邻居同事之间挑拨，说这人对你不好，你也应该对他不好，说一些离间语制造矛盾，或者谈论没有意义的内容，甚至在念经修行的时候闲聊，这都是造口业。

ཟ

看到别人有什么好东西时起贪心，想"我要有多好啊"，或者跟别人比，"他有，我要比他的多，比他的好"，这是意业。

ཕ

别人有地方比自己强，就产生嗔心，盼着人家不平安、不吉祥、不要发财、不要成功。别人倒霉了就心花怒放，这些念头都是业障。

ད

修一座庙、盖一个经堂，当然有很多功德，但功德有多大，还得看发心。如果是看别人建了一尊佛像，那"我建个更大的"，以这样的嫉妒心建庙盖经堂，不敢说有很大的功德。晋美林巴尊者也说过，以比较心做功德，功德不会很大。

ཡ

不要有嫉妒心。人与人之间，团体与团体之间，不要有不好的发心，为利益起冲突纠纷。邻里之间，穷的嫉妒富的，富的歧视穷的，这样的念头也不要有，有的话，忏悔改掉。

ར

打牌、赌博对于一个学佛人来说非常不好。

赢了钱，会增上贪心，输了钱，会产生嗔心，发生争执还可能打架，而我们极难获得的这个人身，也在这些毫无意义的事情上白白地浪费掉。

有的"佛教油子"天天围着高僧大德转，希望得到各种各样的大法，虽然已经听闻善法的利益、罪业的过患、佛陀的功德，但在现实中不按佛法说的做，只是表面上求法、修法，这样的人哪怕是佛陀亲临，也无法调伏。

明白了道理就按照教言去做，你们如果认为自己是佛弟子，就不要再造恶业。

烟酒过患

自己喝酒，或者是卖酒给别人，都有很大的果报。

打扮得再好看，喝醉酒以后也像鬼一样，说不该说的话，做不该做的事。

酒喝多了，容易得心脏病、糖尿病各种病，

酒后驾车容易出交通事故，有的人喝完酒以后还喜欢打架斗殴，无事生非，给自己的家庭和别人的家庭都带来不幸，不说来世，这一世就过不安宁。

ཤ

对于那些已经皈依的人，假如说你不是佛弟子，你可能会不高兴，但释迦牟尼佛亲口说过：喝一滴酒的人就不是我的弟子，我也不是他的上师。这些年我在藏地很多地方主持法会，参加法会的人都在我面前把装酒的用具全部打碎，发愿今后不再喝酒。

ཤ

当年宗喀巴大师居住在一个山谷里，山里有一个女人每天卖酒。她死了以后，人们在山谷里经常听到很大的哭声。僧众问宗喀巴大师这是怎么回事？宗喀巴大师说："卖酒的女人死后投生到一块大石头里成为一只非常大的青蛙，因为实在太痛苦，她经常在石头里哭。"一些僧人果然听到了石头里发出的声音。又有人问这个女人何时可以解脱？宗喀巴大师的回答是，等到鹰的翅膀把巨石磨光后她才能出来，但之后还会堕入地狱。爱喝酒的人好好想一想，喝酒能带来什么好处，而将来果报成熟在地狱里时怎么办？

༄

有些观点认为喝点酒有益健康，其实要想获得今生的身体健康和来世的安乐，没有比戒杀吃素和放生更好的方法。

༄

佛法里说烟草是一个魔女为了障碍众生解脱，发下恶愿化现而成的，她希望所有抽烟的人不生起菩提心，最终堕入地狱。闻到烟味的人解脱也会受到很大影响，那些抽烟的人，你们要为家人和朋友想想。

༄

现代科学也已经证明了抽烟危害人体健康，很多国家的政府都规定在公共场合禁止抽烟。

༄

莲花生大士的许多伏藏法门里都说到抽烟的人所到之处都不吉祥，护法神远离，戴什么加持品也不会有作用。抽烟的人进入佛堂，佛堂的加持力瞬间就会消失，护法远离，哪怕再古老的佛像，加持力也会消失。

༄

抽烟的人死时给他们修颇瓦法也很难有效果。死了以后，吃到尸体的秃鹫和其他众生都将受到影响；火葬的话，闻到的人解脱也受影响。

ༀ

有的人打算得很好，今天先抽两根，等明天再戒；明天再抽两根，后天再戒。天下没有哪件事是这么轻松容易完成的，不真正地下定决心，什么时候才能戒掉？戒不掉就一直抽下去，自己毁灭自己的今生来世吗？

ༀ

不抽烟、不喝酒，做到这些对一个信仰佛教的人来说应该不难。不要因为不良习气而丧失解脱的机会，这太可惜了。为了自己的今生来世，不要抽烟喝酒。

僧财

如果中了毒，一般的毒有解药，而侵占挪用僧财之毒业无药可解。大乘、小乘，都有清净业障的方法，但以僧财为对境造下恶业很难完全清净，一定会堕三恶道，再怎么忏悔清净业障，也只是缩短受报的时间而已。

ༀ

我的大恩上师法王如意宝经常提醒弟子们，要特别谨慎地取舍因果，像爱护自己的眼睛一样护持戒律。在僧众的对境方面，法王最强调的就是不要诽谤上师和不滥用寺庙的财物。

ཏ

　　法王如意宝在世时，有时说他对自己能不能往生极乐世界还有疑虑，因为小时候父亲早早去世，母亲独自抚养孩子们，生活条件不好，法王刚到洛若寺时在寺庙的厨房烧茶，管家常常拿食物给他吃。法王说因为吃了僧众的东西，他可能无法往生极乐世界，甚至会到三恶趣中感受果报。法王也说那几位管家可能已经在三恶道里，常常让大家为他们念百字明清净业障。法王如意宝是真正的佛，显现上都这么注意，我们就更要小心。

ཐ

　　龙树菩萨常常祈祷自己来世不要成为寺庙的管家。印度那烂陀寺的嘉炯班智达佛法闻思很高，但因为不小心动用了僧众的东西，后来堕入恶趣感受果报。

ད

　　对待僧众的财物一定要谨慎，用了僧众的物品，法器也好，甚至是包经书的布也好，一定要补偿。

ན

　　你们要给别人东西的话，拿自己的东西给，不要用寺庙的东西给。本来你们是好意，但实际上害了对方，自己也造下堕三恶道的业。

ག

　　寺庙的僧人在使用僧财时一定要注意，不能浪费，不能独用，否则因果很大。僧众的财物没有谁能私自享用，任何人私自享用了僧团的公共财物，业障都一样。当然，出家人在有资格享用的时候，是可以如法享用的。

ང

　　当对境是僧众的时候，我向来都很谨慎，连僧众的一滴水都不会用，我这样发过愿。

ཙ

　　我在喇荣五明佛学院，即使因为学院的公事陪别人吃了碗米饭，也会折价交钱给管家。在其他寺庙如果吃了饭一定会补上钱，否则我不敢吃。随意享用给三宝的供养很损耗福报。

ཚ

　　有一次学院开法会剩下些茶和面，扔掉浪费，送人的话，恐怕送的人会下地狱，给动物吃，动物也会下地狱。法王如意宝让我们翻经文，看看佛陀有没有开许如何处理的教言，也没找到。最后我们商量把这些东西折价卖了，换回的钱再用来给僧众供斋。这个做法一直延续到现在。

金刚乘

金刚乘

在末法时期遇到佛法很难，遇到金刚乘的教法就更难，因为金刚乘的教法只在普严劫先生王佛、贤劫释迦牟尼佛、华严劫文殊师利佛的圣教中才出现。

ཨ

莲花生大士是密宗的祖师，他从印度将金刚乘的教法完整地带入藏地。莲师之前也有密宗大师进藏，但是因为各种违缘都没能广弘密法。莲师以其不可思议的神通降伏了当时藏地的邪魔外道，但最重要的是他具有无所畏惧的慈悲之心，面对被业力牵引的众生愈硬愈强，毫无退却，所以他被尊为"邬金第二佛"。

ཧ

金刚乘被称为速疾解脱之道，具有众多积累资粮的方便，不需要按显宗经典所说的经三大阿僧祇劫，或肝脑涂地等极大苦行即能证果。这对于生在末法时期，缺少耐心又脆弱的我们来说，真是一个好消息。

社会上对密法有很多误解，比如学密法的可以肆无忌惮地喝酒、行淫、杀生等等。事实上，密法的行持与修行人的证悟境界、修法的场合等密切相关，只有达到境界才能做相应的行为，否则会造下严重恶业，果报惨烈。西藏有句老话：普通人不能做瑜伽士的行为，瑜伽士不能做大成就者的行为。

学习密宗需要以显宗为基础。藏传佛教中是显密共修，许多显宗的修法，都会拿出专门的时间进行修持。显密共修对修行人来说是很殊胜的。

佛陀的教言可以通过文字流传下来，但佛法的真谛只存在于上师的心里。它的传承只有一条途径，那就是以心传心。

传承

密宗非常重视传承，得到传承以后修持和没有传承时自己修持，功德与加持相差很多。

真正的传承，是从释迦牟尼佛到现在，每一代的传法和承受法脉都传承有序，一代一代地接续到现在没有中断过。有一些法门，可能中间断过，或者现在已经断了，后学者依据佛经学习和修行。阅读、抄写佛经有无量的功德，但传承清净而不曾中断的法脉是殊胜的法缘，是修行成就的依怙。

密法中大圆满法的传承从普贤王如来至今，法脉没有断过。

我的传承是从法王如意宝晋美彭措那里得到的，法王如意宝是真正的佛。虽然我不是活佛，也没有什么成就，但是让我自己感到欣慰的是，在我依止法王如意宝的二十多年里，从来没有对上师起凡夫想，没有违背上师一句教言，没做过一件令上师示现不悦的事，所以我传给你们的法，传承非常清净也极具加持。

灌顶

如法获得灌顶以后,才真正进入金刚乘,没得灌顶的不是密宗弟子。获得灌顶前要先皈依,没有皈依就求灌顶不如法。

ཀ

获得灌顶的机会非常稀有,能获得灌顶是往昔积累的无量福德在此时的显现。在灌顶以前,传统上要求上师和弟子相互观察很长时间,所以我在汉地给居士们灌顶的次数不多。

ཁ

得到灌顶后就成为密乘弟子,一定要护持密乘戒律。有人误认为只有出家人才需要持戒,其实在家人一样需要守持戒律,尤其是求到灌顶后更要严格守持。得到密乘灌顶的在家人比只持沙弥戒的出家人戒律还要严格。

ག

清净的戒律是一切功德的根源,是获得暂时和究竟解脱的基础。得到灌顶之后,比灌顶更重要的是护持密乘戒律,这是每位密乘弟子必须遵守的。

ང

密法很殊胜,修习密法,成就相对来说快,

但是破密乘戒的果报也很大。一旦真正地破了密乘戒，一定要尽快忏悔。

法王如意宝在喇荣五明佛学院举行法会或者灌顶以前，都要管家进行调查，绝对不允许破戒的人参加，判断的方法不是通过神通观察，是大家都知道、都看到的。这并不是法王不慈悲，而是因为如果有破密乘戒的人在，会对其他参加法会和灌顶的人有很大影响。

你们不要失望，认为守持戒律太难了，只有已登地的菩萨或佛才有能力守持。因果取舍之法，即是戒律，是佛陀为引导因地的修行人正确修法而宣说的。戒律的要求不会超出普通人能力之所及。希望大家在这一生中能不间断地去了解密乘的教法，深入、系统地学习密乘戒律。

密乘五戒

密乘戒律很广很细，其中有五条根本戒，进一步扩充又有十四条根本戒。

密乘五条根本戒的第一条不舍无上密法，

是对周围的一切显现，看到的、看不到的，全部观为清净，观为诸佛及诸佛之清净刹土。净观是迅速积累福慧资粮、清净业障的殊胜方便法门。

ཨ

自心不清净，才会见到不清净的外界显现。实际上，我们眼前的一切本质上就是清净法界。净观不是把本来不清净的硬观想成清净，而是实相本来清净，凡夫因为迷乱习气障碍无法见到而已。

ར

不舍无上是守持一切誓言修行的命根，根本戒中很多与它相关，这一条戒律非常清净的话，很多戒律都会清净。

ཤ

假使认为"观想所有的众生都是佛菩萨，这只是引导众生的方便，实际上众生并不清净"，这就违背了密宗的见解，产生这样的想法很容易就破了密乘戒。清净观在密宗的《大幻化网》里阐述得非常清楚，大家有机会的话一定要仔细闻思。

ཀ

在闻思、修持金刚乘教法时，要把上师观想成佛，法身普贤王如来、邬金莲花生大士、报身金刚萨埵或者阿弥陀佛；闻法地点观想成佛的净土，密严法界宫、铜色吉祥山莲花光宫殿、东方现喜刹土或西方极乐世界；把闻法众眷属观想成持明、勇士、空行；所闻之法是无上大圆满；时间是从普贤王如来到现在的根本上师之间，口耳相传连续不断的常有相续。实相本来就是这五种圆满，所以这样观想。

ཀྱ

对金刚乘的修行人来说，净观不是有没有想象力或信服不信服的问题，而是关乎具备或失毁金刚乘誓言。如果我们把一切显现视为本尊及其坛城，就是具誓言；否则，认为五种圆满只是权宜之说，墙就是墙，水就是水，在前面传法的是一个普通人，下面闻法的是一群烦恼众生，有这样的想法就是背离了金刚乘的誓言。

ཁ

不舍无上，自然不舍弃三宝。当一位修行人获得并接受这个正见，就会如法地观想法性实相，趋于成佛的道路；为证悟这一见解而精进修行，就是僧行；在趋于成就的道路上更不会舍弃妙法，所以不舍三宝。

ག

不舍无上密法，也就不会舍弃菩提心。究竟实相即为胜义菩提心。"不舍无上"也指出了自己与其他众生必定成佛并恒时周遍饶益无边众生的见地，而且自始至终不退失信念，不起畏惧、厌烦轮回等一切有垢的想法，就像我们经常念的一个偈子："吾与无边众，本来即为佛；了知如是性，即发菩提心。"

༄

"不舍无上"这条戒律包含很多内容，需要特别强调的一点是不要诽谤密法。守持密乘戒会显现很多密宗的甚深见行，可能超越了凡夫有漏的世俗成见，对此不要诽谤。

༄

密宗行者观一切众生为真实清净的佛菩萨，如果你只具有凡夫的见解，如何能理解他的行为呢？

༄

如果暂时无法深入体会"不舍无上"这条戒律，或不能行持密宗的甚深见行，不用着急，但应该常常这样发愿：虽然我对此甚深见解未得胜信，但这是金刚乘的究竟密意，愿这甚深的密意，在我的自相续中不间断地生起，使我发出胜解心而修持，不背道而行，不诽谤或舍弃这甚深见解。

༄

密乘五戒的第二条是，密法弟子要恭敬上

师，不能诋毁、诽谤上师，不能对上师有邪见。显宗里有同样的要求，但是密宗更注重这一点，并且有很系统的讲解。

ཨི

小乘佛法的修持以出离心为主；大乘显宗在出离心的基础上以修持菩提心为主；无上金刚乘，在出离心与菩提心的基础上，以修持对上师的信心为主。

ཨི

前辈的传承上师们都是依靠对上师的信心而获得成就，不论是显宗还是密宗，无师自悟的例子几乎没有。

ཨུ

学显宗、学密宗，观察上师都非常重要。尤其是求密法，一定要先了解上师的功德。具备真实功德的上师是我们修行路上的可靠依怙。

ཨུ

学密法依靠上师才能解脱，要对上师具足信心，不断地观想上师，所以在选择上师时一定要谨慎，必须是具德上师。依止自己有信心的上师很重要，一定要好好选择自己的具德上师。

རི

汉族居士如果想跟随藏传的上师学习，最好

能亲自去一趟藏地，至少待一两个月，实地了解这位上师的情况，观察当地人对他是什么样的态度。如果他的家乡没有人对他有信心，没有人认为他是很好的上师，那么就要很谨慎，尽量从不同渠道，多方位观察。

༈

在末法时期，虽然如续部经典中所说具足一切功德的上师极为难得，但作为合格的上师，至少应具备以下条件：首先是具有无伪的菩提心，其次是精通教法，能应弟子的需要完整传授某一解脱法门，最后是戒律清净。而判断一位修行人是否具备金刚上师的资格，首先就应该看他密乘戒是否清净。如果密乘戒不清净，那么法脉传承到他那里就中断了，能拿什么来给其他人灌顶、讲解和传授呢？

༈

在小乘的修行中，最重的业障是对僧众造业。在金刚乘的道路上，为自己灌顶、讲解续部教言、传授密法窍诀的金刚上师，也称为"三恩德上师"，是最为严厉的对境。在建立金刚上师与弟子的关系之后，不要以恶分别念对金刚上师妄加观察、评判。

༈

大圆满传承祖师无垢光尊者在他著名的论

作《七宝藏》中说，如果对为自己传讲大圆满法的上师破戒，业障无法完全清净，必然要在地狱中感受果报，再怎么忏悔也只是减少在地狱中的时间和痛苦而已。

ཨ

上师是三宝的总集，是诸善知识的总集，对我们的恩德极大。密续中说，于刹那间忆念上师，其功德也已胜过供养十方三世诸佛的功德。在上师面前要善加护持自己的身语意，不要有不恭敬的举动，不要恶言相向，更不要对上师有邪见，生起舍弃上师的念头，那样做的果报会很惨烈。

ཨ

"对上师有邪见"的具体行为在经论上很明确，没有什么争论。简单地说，无论是从世间法的角度，认为上师人品不好、没有学问等等；还是从出世间的角度，认为上师戒律不清净、没有智慧、没有禅定力，认为自己已经超过了上师等等，这些都是"诋毁"。破戒的限度是，认为自己该得到的法已经得到，从此以后不必再理会和恭敬上师，打算与上师一刀两断。更严重的行为是以嗔恨心诋毁上师、轻辱上师、扰乱上师的心，只要起了这些念头就破了这条戒，不一定要有身、语行为。

ༀ

在一位上师成为你的金刚上师之前，务必以佛法为标准认真观察和判断这位上师的言行，看他是否具备做上师应有的功德；而一旦确立金刚上师与弟子的关系后，弟子对上师的行为就必须持清净观，视上师为佛，上师显现任何行为都要视为与佛无别，对上师的教言信受奉行。

ༀ

求法前仔细观察上师，如果你完全信赖他，可以求灌顶。如果在你心目中这位上师有缺点、无法让你完全信赖，最好不要向他求灌顶。

ༀ

如果认为一位上师有缺点，但仍向他求灌顶，求到后又指责上师的缺点，诋毁、诽谤、妄加评论，这样的人修行无法成就，而且将感受严厉的果报。以金刚上师为对境破戒，不仅断送自己，也会严重影响其他人的修行。

ༀ

有的人对上师起邪见，想舍弃上师，认为"这个上师的行为很不如法，我要离开他，没有他我还有其他上师"。事实上，在密宗里，上师如佛，舍弃一位金刚上师就等于舍弃所有的上师。

ཀ

在小乘里，没有出离心，证不到罗汉果位；修学大乘，没有菩提心，不能获得佛的果位；在密宗里面，如果没有对上师的信心，肯定不能成就。舍弃上师后还获得成就，绝无可能。

ཁ

真正的具德上师大多是普贤王如来的化现，所思所言所行必定符合大乘佛法。弟子谨遵师训不仅不与依循佛法相矛盾，而且在上师的慈悲摄受、善巧引导下，能更迅速、准确地了达佛法的意旨。选择并依止具德上师后，依法和依人是一致的。

ག

如果一个密宗修行人对密法和上师信心很大，不以恶分别念对不同上师妄加比较、评判，那么即使他有很多位上师，也不会对修行构成困扰和障碍。阿底峡尊者就有一百多位上师。

ང

当自己的心不清净，生起"上师的行为不如法"这样的念头时，一定要立即停止这些想法，并从内心忏悔。可以这样观想：上师的行为全部是度化众生的善巧方便，因为自己的相续没有清净，才以分别念"看到"上师的过失。

ᚎ

虽然认同上师的功德和修证，但认为上师对自己不公平，或者上师让自己做某事，虽然也遵命去做了，但心里有想法，没有意乐，这样是有过失的，而且很容易导致破戒。发生这些情况，即使精进修行并有所成就，也会因此而间断。所以，遇到这样的情况也应及时忏悔，不要等到追悔莫及。

ᚎ

一切功德都依赖于善知识。密宗的上师和显宗的上师，都是六道众生所能依怙的善知识，不能加以诋毁和诽谤。很多佛经中都说到：应当视诸善知识为如来。要恭敬对待所有的善知识，比对待自己眼睛或父母更为谨慎和敬重地侍奉。虽然在宁玛派中明确说了诋毁"三恩德上师"是破戒，但并没有说诋毁"三恩德上师"以外的，其他对自己有恩德的上师不是破戒。

ᚎ

佛陀有的弟子一辈子也见不到佛的功德，提婆达多和善星比丘跟随佛陀几十年，但在他们眼里佛陀不但没有丝毫功德，而且所做的一切都是在欺骗众生，最后他们不得不在恶趣中感受最严厉的果报。

札括寺有位嘎玛活佛，显现上很执着财物，被很多人诽谤。其实他是一位成就者，根本不会执着，只是众生眼前的显现。当时有个人对嘎玛活佛诽谤得很厉害，我心想这个人真可怜，凭他怎么说对活佛也没任何影响，日子一样过，可是这对他自己没任何好处。我劝他说，你本来没什么福报，总这样说上师，耗尽了这辈子的福报，下辈子还会下地狱。有信心很好，没信心也不要诽谤，诽谤上师只会害到自己。

也许你们会想：哎，希阿荣博今天灌顶，他害怕以后有人对他有邪见、诋毁、诽谤，所以这样说。并不是这样，我不是法王，不是仁波切，只是一个普通的出家人，但一个真正的修行人不怕别人对他有邪见、诋毁和诽谤。连释迦牟尼佛那么伟大的圣者，也会有提婆达多和善星比丘这样的弟子，何况是我？就算有谁对我诋毁、诽谤，或者有邪见，也伤害不到我，但诽谤上师犯密乘戒的人，业障大得无法形容。

只要弟子不舍弃我，我不会舍弃弟子；弟子

需要我帮助，我随时会尽己所能提供帮助；弟子不愿见我，我可以回避，只希望我所有的弟子不要因为我破戒，也不要因为我生烦恼。

ཏ

密乘五戒的第三条要求不间断密咒手印，就是不要间断念诵本尊的心咒和观想本尊；念咒和观想时不要忘记手印。

ཐ

"不间断手印"这条戒律里说的手印通常指四手印：明观本尊身的大手印、思维的法手印、言说的誓言手印、变结的业手印。如果不了解这些手印的意义和行持的方法，合掌就可以，能代表所有的手印。

ད

得到灌顶后要坚持修法，不能间断。密宗弟子如果连续六十天不修持佛法，很容易破密乘戒。

ན

"不间断"最起码是从接受灌顶后到这一世生命结束，严格地说是直到成就菩提之果。"不间断"还有一层含义是：上等修行人需要不分昼夜，至少每隔三四个小时就修行一次，差一些的也要每天修行一次。如果生起了舍弃勤修本尊心咒、手印的念头，就是破戒。这条戒律简单说就这些，实修起来要有长久的打算。

密乘五戒的第四条，慈愍已入正道者，这条戒律要求所有密乘道友，尤其是依靠同一上师、同一坛城受灌顶、窍诀的金刚兄弟，从入道起一直到菩提果之间，不断绝亲近之情。内心舍离就破了这条根本戒。

在金刚乘中，金刚上师与弟子之间、金刚兄弟之间的关系比世俗间的父母、兄弟姐妹的关系要近得多。广义地说，所有获得密宗灌顶的人都是金刚兄弟，但同坛灌顶的金刚兄弟，关系更为密切。

金刚兄弟之间要团结和合，所有的佛教徒之间、佛教团体之间要和睦，不要有矛盾。

凡夫人在交往中难免有磕磕碰碰，但是同在菩提之路上，都以寻求解脱为人生目标的佛弟子之间，发生了矛盾应该及时相互忏悔，最好不要让矛盾过夜，如果长时间地从心里嫉恨对方，会对修行造成很大障碍。

以前法王如意宝常说，金刚兄弟在日常交

往时最好保持一点距离，不要彼此还不怎么了解，就马上热乎得不行，没过多久又因为一点小事闹矛盾，相互起嗔心，有点距离关系才融洽。

ད

今天参加灌顶的有同事，有好朋友，也有夫妻，今后都还要长期相处，所以要注意不要闹矛盾。金刚兄弟在世俗上是一家人的，得更加谨慎，住在同一屋檐下，就容易起摩擦，一定及时忏悔。

ད

就算是亲兄弟性格也不一样，各有各的脾气，这很正常。性格合不来，可以少见面，但不要背后议论是非，说金刚兄弟的坏话。否则的话，不仅仅会障碍自己修行，也会对佛法造成负面影响。

ད

在时轮金刚的十四条根本戒中，第三条就规定了金刚兄弟要团结和合。金刚兄弟之间破密乘戒，可能就已经违背了上师的教言。上师希望金刚兄弟团结，弟子不听从，相互嗔恨，这就扰乱了上师的心。

ད

一位具德上师在弘法利生之外，不会考虑任何个人得失。金刚兄弟不团结必定会影响上师的弘法利生事业，这时无论你表面上如何恭敬，供养多少财物，真正的具德上师都不会欢喜。

༡

能够不起矛盾的前提就是尊重和恭敬他人。别太拿自己当回事，人就不会那么固执。

༢

就算你们发心向善，但自认为发心好就一定完全正确，以傲慢心对待别人，这会破坏别人的善根，也毁坏自己的善根，而且会使事情变得糟糕，影响也不好。

༣

很多时候，为了护持他人的善心、善念，成全他人的善行，不仅我们自己的意见、方式可以放弃，甚至我们所做的"善事"或"这件正确的事"本身都可以放弃，不必坚持事情一定要做到完美。

༤

我确实看到过居士之间"拉帮结派"的情况，甚至把上师也划进派别，"这是我的上师、那是你的上师"，根本没有将上师视为赐予自己解脱与成就的善知识恭敬对待，凭自己的分别念妄加评判。把不良习气带到学佛团体当中非常不应该，要想到有人也许会因此失去对佛法的信心。

佛教徒之间闹矛盾，无论是个人之间还是团体之间，不但自己要承受犯戒的果报，还会伤害佛教的形象，影响佛法的弘扬，这个业将有更大的果报。

佛法中有很多殊胜的教法，蕴含至高无上的智慧。非佛教群体里很多都非常注重团结，听闻过这些至高无上的道理的佛教徒，就更应该慈爱、宽容。

第五条根本戒是不泄露密法，对暂时不了解和不接受密乘见解、不堪为法器的人，不要宣说密宗的甚深见行，也不要泄露上师和金刚兄弟叮嘱保密的事，如果明明知道还诉说这些内容，就触犯戒律。

保密的对象主要有三类：失坏密乘戒律的人、未得灌顶的人、不信密法的人。密法里有很多秘密的窍诀和方便的修法，有人可能会因为各种原因无法理解，甚至产生邪见。对密法生邪见、诽谤密法的果报很大。

学密法的人不要告诉别人自己学法过程中

的不共窍诀、修法和观点。一般来说，密宗的甚深见解、深沉行为、本尊名身、修行瑞相这四种，无论何时都不应说出去。

密宗的供物、资具等不要对外张扬，要保密地使用，这主要是为了避免不了解密宗的人起邪见或损害修行人的悉地。有些很秘密的修法如果泄露出去，会对自己的修行产生很大的障碍。上师或金刚兄弟特意嘱托要保密的事，也一定不要外传。

会供

密乘弟子应该时常观察自己的密乘戒是否清净。"我对上师具足信心，对金刚道友没有嗔恨，我的密乘戒律很清净"，敢这么说的人肯定没有认真仔细地观察自己。

阿底峡尊者曾经说："我在出家后从来没有违犯过出家戒律；受持菩萨戒后，有过稍许违犯；进入密乘后，会时常违犯，一旦违犯，我马上忏悔，从来没有让过失过夜。"凡夫人与阿底峡尊者这样的大成就者根本没法比，所以我们在进入密乘后，肯定会有许多违犯戒律的情况发生。

ཀ

犯戒后要及时忏悔，最好不过夜，忏悔得越早，业障越容易清净。宗喀巴大师曾说："破密乘戒三年之内没忏悔的话，不能恢复戒体。"这样的人不能参加法会，因为他就像一滴变质的牛奶会把全部的牛奶都弄坏。

ཁ

一旦破戒应当在最早的时间内以猛烈的忏悔心忏悔，这样不但可以清净业障，戒体也能够恢复；若三年之后才忏悔，虽然业障可能得到清净，但戒体已经很难恢复，戒体没有恢复，今生无法成佛。

ག

密宗弟子清净密乘戒律最好的方法就是参加会供。初十是莲花生大士的节日，二十五是空行母的节日，每个月能在这两天会供非常好。

ང

严格地说，会供需要具足很多条件，比如要有金刚上师主持，要有带领念诵的维那师，还要使用手印以及诸多法器等等。简单的话，按简供仪轨修也可以。

ཅ

会供的人数没有特别要求，一般来说戒律

清净的话，人越多越好，但有一个破戒的人就会造成很大的影响。

嗡

会供后的供品不同于一般的食品。参加会供的人，在上师的带领下，按照仪轨修持，迎请诸佛菩萨，诸佛菩萨的加持使食品变成甘露。会供后食用甘露，能在佛菩萨的加持下清净戒律。

往生西方

佛菩萨的净土很多，都具有同样不可思议的功德，但由于诸佛菩萨往昔的因缘与愿力不同，有的净土一地以上的菩萨才能去，比如东方现喜刹土；有的净土凡夫虽然能够前往，但因为业障深重，无法现量看到，比如文殊菩萨的圣地五台山、普贤菩萨的圣地峨嵋山；而阿弥陀佛的净土极乐世界是凡夫也可以带业往生的。

ই

阿弥陀佛初发菩提心时，发愿如果将来他能成佛，凡是念他的圣号，忆念他、祈祷他、想到极乐世界的众生，如果没能往生到极乐世界，他就不成佛。而阿弥陀佛已经成佛，正在极乐世界广转法轮，他所有的发愿都实现。所以祈祷阿弥陀佛、发愿往生极乐世界，比发愿去其他刹土更容易实现。

极乐世界

ཨ

　　阿弥陀佛与南瞻部洲的众生因缘很近，到了极乐世界以后，我们将永远从痛苦的轮回中得到解脱，并在阿弥陀佛的加持下，最快七天就可以成佛，实现自利利他的心愿，任运度化众生，这是阿弥陀佛的悲心与愿力所致。

ཕ

　　往生极乐世界后，可以随愿前往所有佛菩萨的净土，拜见诸佛菩萨，获得加持。关于极乐世界的功德，在汉传佛教的《净土五经》和藏传佛教的《净土教言》等经论中都有详尽的宣讲。

净土法门

　　现在是末法时期，修行佛法的违缘多、顺缘少，而且众生烦恼粗重，要历经苦行而后获得成就，难度很大，往生极乐世界的法门最适合现在众生的根基，也比较容易修持，是我们最好的选择。

ཡ

　　往生西方极乐世界是本师释迦牟尼佛在众多经典当中都宣讲过的法门，佛陀的智慧无量无边，所以不管是修学显宗法门的，还是修学密宗法门的，都要发愿往生极乐世界。

ཅ

有的人想去不了极乐世界没关系，来世可以再回家乡，这可不是件容易的事。你也许能回来，是不是人身就不一定了，可能是牛是羊是狗，不再有修行的条件。

ཆ

发愿往生后，要常常忆念阿弥陀佛和极乐世界。请一幅极乐世界的唐卡挂在家里，看着阿弥陀佛的像祈祷，要闭着眼睛也能观想得清清楚楚。

ཇ

眼睛看到阿弥陀佛，心里想着阿弥陀佛，睁眼闭眼都是阿弥陀佛，常常观想、祈祷阿弥陀佛的话，遇到突然的恐慌时，会习惯性地叫"阿弥陀佛"，这样经过长时间的修持，会在梦中见到阿弥陀佛和极乐净土，最后在临终时，自己非常恐惧的情况下，也能忆念起阿弥陀佛和极乐净土，从而得到接引往生极乐世界。

ཉ

要常常观想阿弥陀佛，常常祈祷阿弥陀佛。修行的时候、回向的时候、任何时候要时时发愿往生西方极乐世界。

ཏ

有人问，常常祈祷阿弥陀佛，那我平时念

观音心咒怎么办？这个没关系，祈祷哪个都一样，祈祷阿弥陀佛就祈祷了所有的佛菩萨，所有的佛功德等同，修一个法就修了所有的法，修成一个法门就修成了所有的法门，不用分得那么细。

ཨ

开智慧求文殊菩萨，生病求药师佛，有用的，但任何时候都可以祈祷阿弥陀佛，加持力是一样的，而且临终时，祈祷阿弥陀佛对我们的帮助最大。

ཙ

不需要祈祷太多的佛菩萨，度母也是阿弥陀佛，文殊菩萨也是阿弥陀佛，祈祷阿弥陀佛与祈祷他们一样。以阿弥陀佛作本尊好好地祈祷，有任何事情，祈祷阿弥陀佛就可以。

ཚ

对有信心的上师，可以观想为本体为上师，显现是阿弥陀佛，作为对境祈祷往生极乐世界。

ཛ

法王如意宝说过不要想三想四，就专注于一个佛"阿弥陀佛"，一个法"阿弥陀佛圣号"，一个地方"西方极乐世界"，有这三样就够了。

ཝ

《极乐愿文》里有往生极乐世界的所有法

门，作者是藏地的大成就者恰美仁波切。恰美仁波切通达大乘显密教典，诸佛密义全部了然于心，但在显现上专志于净土法门，最后以大神通力不舍肉身并携带眷属、家犬等直接飞往极乐刹土。

《上师阿弥陀佛修法极乐捷径》是莲花生大士为饶益我们这个时代的众生留下的伏藏法，依莲师授记由法王如意宝的上一世列绕朗巴大师取出，法王如意宝也广弘这个法门。获得阿弥陀佛灌顶的人要尽快念诵六百万遍阿弥陀佛的圣号"南无阿弥陀佛"，这是往生极乐世界的殊胜法门。

法王的心愿

虽然教派之间没有区别，但法王如意宝的传承有特别的缘起。二百多年前，大圆满祖师晋美林巴尊者的四大弟子之一多珠根桑银彭在《未来预言》中写道："色啊当天喇沟处，邬金化身名晋美，赐给四众菩萨徒，显密正法如明月，利生事业高如山，清净徒众遍十方，结缘其者生极乐。" 根据这个授记，凡是与法王结缘的人都可以往生极乐世界。

ᢖ

大成就者的功德与神通凡夫无法想象。法王如意宝这一世的弘法利生事业与二百年前的授记完全一致，甚至更加超胜，这是有目共睹的。

ᢗ

法王如意宝的这一世，在密法方面广弘无上大圆满法，在显宗方面则以净土法门为主，他生前最大的心愿就是让所有的众生都能从痛苦的轮回中得到解脱，往生西方极乐世界。法王曾说他自己将发愿往生西方极乐世界，也希望所有对他有信心的弟子都发愿往生极乐世界。

ᢘ

喇荣五明佛学院每年定期举行四大法会，其中之一是在藏历九月佛陀天降日的极乐法会。在第一次法王主持的极乐法会上，从西藏、青海和四川等地来的汉藏信众有四十多万人。法王在法会上说："你们一生造了不少恶业，今生更应求往生西方极乐世界，永脱苦难。凡与我结过缘的人，因信愿不足或业障过重，今生未能如愿往生的，无论下一世转生到哪一道中，我都将化身到你们身边，度化你们，直到你们往生极乐世界为止。"

ᢙ

法王如意宝曾说："供养我财物，并不是

真正地与我结缘,只有精进地修持我传承给你们的显密法要才是与我结上了缘。"

ཉ

法王晚年时,曾经劝导无以计数的弟子念诵阿弥陀佛圣号至少一百万遍(藏文)或者六百万遍(汉文),这也是法王为我们开显的最为方便的往生法门。他还像开玩笑一样说:"与我结上缘的好好祈祷阿弥陀佛,念一百万遍阿弥陀佛名号,我在极乐世界烧好茶等你们。"

ད

按照上师说的去做,往生极乐世界不会很困难,能和法王如意宝结上缘的话更不会有什么大问题。莲师、成就者们都有授记,法王是真正的佛。与佛结缘,同时依赖阿弥陀佛的发心和加持,往生不难,所以不要犯谤法罪和五无间罪,好好持诵阿弥陀佛圣号会有机会往生。

只要念阿弥陀佛就能往生极乐世界吗?在《佛说无量寿经》中提到往生西方极乐世界的条件是"发菩提心、一向专念无量寿佛、修诸功德、愿生彼国"。

往生四因

༄

往生西方极乐世界要具足四种因和断除两种障碍。四种因是，第一，明观福田：忆念阿弥陀佛和极乐世界的功德，并生起不退的信心；第二，发菩提心：如果希望圆满往生极乐世界，成为登地以上的菩萨，就一定要生起菩提心；第三，积资净障：依靠各种修行的方法，清净业障，积累往生的资粮；第四，发愿与回向：心中生起清净的愿望，希望所有的众生都能往生极乐世界，并将自己已有的和将来产生的善根功德全部供养给诸佛菩萨，回向六道众生。这四种因里最主要的是信心和愿望。

༄

往生极乐世界需要断除的两种障碍是，第一，犯五无间罪（杀父、杀母、杀阿罗汉、出佛身血和破法轮僧）；第二，犯谤法罪。已经进入密乘的弟子破了密乘根本戒，没有忏悔清净前也不能往生。

༄

根据信心及修行人所积累的福慧资粮的差异，有的往生西方极乐世界，于莲花中自然化生，立即花开见佛，得不退转乃至无上菩提。有的虽然也得出三界，往生极乐，但生于边地七宝莲池，五百岁中，不得见佛，心不开解，意不欢乐。

这主要是因为：一、对法界体性智、成所作智、平等性智、妙观察智、大圆镜智，疑惑不信，但相信因果，肯精进积资净障，修诸功德，愿生彼国；二、对佛智没有疑惑，却不信自己的善根，觉得自己业障深重，念佛恐怕也不能往生，所以意志犹豫，不能专心，然而仍续念不绝，愿生彼国。这两种情况中任何一种都会导致生于边地疑城，无法见佛。疑惑对发愿往生极乐者会带来极大损害，所以一定要断除这两种疑惑。当知众生善根不可思议，诸佛圣力诸佛世界亦不可思议。务必明信诸佛无上智慧，深信自己的善根。

ༀ

具足了往生四因并且断除了障碍往生的过失，不论是圣者还是凡夫，都可以往生到极乐世界，这是阿弥陀佛的广大愿力，也是传承上师特别是法王如意宝通过他们的修持为后人做出的印证。

五无间罪

有良知的人一般不会杀害父母，法轮僧、佛陀和阿罗汉在当今时代很难遇到，所以现代人真正地犯无间罪的可能性不大，但有些不如法的行为会成为近五无间罪，不注意的话，很容易触犯。

ཨུ

接近无间罪的行为有很多，比如不孝敬父母，对出家人不恭敬等等，这些虽然不是五无间罪，但因果很大，同样会障碍解脱。如果有，要好好忏悔。

ཨི

一定要对父母好，大恩父母为了养育孩子一直奔波劳碌，辛辛苦苦把孩子抚养成人，不要对他们不好，一天也不能。即使自己能力和精力有限，帮不上父母，起码不要伤害他们。

ཨུ

有些人与父母感情很好，有些人与父母关系不是那么亲密，人与人的因缘不同，不管怎样都要有孝心，把父母的安乐挂在心上。人人都有局限，父母也局限在自己的烦恼业力中身不由己，痛苦不已。要多体谅并发愿以自己的善心善行化解父母的苦难，报答父母的恩情。

ཨུ

杀害出家人的事很难发生，但致使出家人破出家戒的情况很容易发生。历史上有人拆寺庙砸佛像，这些行为的业障很重，可是致使出家人破戒的业障比这还要重。

在家人要恭敬出家人，更不能障碍他们的戒律，要护持、帮助他们。建一座黄金塔非常难，毁坏黄金塔的过失也很大，破坏出家人的戒律，比破坏黄金塔的过失更严重，年轻人一定要记住这句话。

谤法罪

谤法的业障很重，而且普通人很容易在有意无意间就诽谤正法，如果造下这样的恶业，不真心忏悔，别说往生极乐世界，来世就是人身都很难得到。

佛弟子大多数不会直接诽谤佛法，可是出于分别心说某些法门高，某些法门低，某些法殊胜，某些不殊胜，这是谤法。

显宗和密宗都是本师释迦牟尼佛亲自传承下来的清净教法，没有什么分别。显宗弟子诽谤密法，密宗弟子诽谤显宗的教法，都是谤法。

教派之间相互诽谤是谤法；大乘小乘之间

有分别念诽谤的,是谤法;觉得有的法好,有的不好,是谤法;藏地八个教派,白教说黄教的法不好,花教说红教的不好,这都是谤法。

ཉ

学佛人会根据自己的因缘,修学不同的法门,无论修哪个法门,都是释迦牟尼佛的弟子,相互之间不能诽谤,更不能彼此轻视。

ཉ

所有的法门都是佛陀为利益众生而宣讲的无伪善说,诽谤任何一个法门或者认为不同的法门有优劣之分,就构成了谤法罪。释迦牟尼佛在许多经典当中说过,诽谤佛法的人无法往生。

ཉ

在喇荣五明佛学院,红教、黄教、花教、白教,大乘、小乘,来修学的各个教派的佛教徒都有,所有人都非常团结,不会互相诽谤或轻视对方。

ཉ

藏传、汉传、南传,都是释迦牟尼佛所传承的清净教法,从究竟的意义上来说,一点没有分别。真正理解佛法的人,不会轻视任何一个教派、任何一种法门。

ཉ

汉传佛教中有的经文是从印度翻译过来的,

有的是从藏文翻译过来的；藏传佛教中也有些是从印度翻译过来，有些从汉传翻译过来的，翻译的途径不同而已。

ཨོཾ

过去的大德们对所有的教派没有一点点分别念，他们知道都是一样的，就像一块糖从哪边吃都一样的甜，修哪个法都可以成佛。

ས

佛法是诸佛与圣者们为利益众生宣说的教理，诽谤佛法，也就诽谤了佛陀与僧众；而佛法的教证二法，高僧大德们自身内证的是证法，为众生宣说的是教法，因此诽谤高僧大德同样是诽谤佛法。

ག

所有的成就者都是一个佛的化身，诽谤这些上师就和诽谤佛一样。宗喀巴大师是阿底峡尊者的化身，阿底峡尊者是莲花生大士的化身，莲花生大士是释迦牟尼佛的化身，贤劫千佛其实也是相同的化身。

ཉ

教派不同，上师是一样的。莲师的传记中写了，"将来我的身化身叫根嘎加参（萨迦派），他会恢复这些经堂，弘扬密法"，法王如意宝也说过他是萨迦班智达的化身，这一世主要弘扬宁玛巴的法。法王如意宝常常叮嘱我们："你们千万不要认为法门有差别，说大德们不懂，一定不要诽谤。"

ཀ

大德们阐述的法义有时不一致，这是根据说法的场合、众生根基不同，为利益众生显现的方便法。即使是释迦牟尼佛亲口所说的教法，也有了义和不了义之分。

ཁ

对世上的种种人物、现象，我们以清净心观照就好，不要急于下结论，更不要随意批评，尤其是对出家人。

ག

很多人随随便便就诽谤出家人，看到出家人显现上有些缺点，就无限地放大，这些人真的造作了很大的业障。

ང

在家人随意评论和诽谤出家人，这很不如法。阿底峡尊者的弟子仲敦巴尊者曾经讲过，每四个出家人当中就有一个是菩萨的化现。所以在出家人中谁是圣者、谁是凡夫我们根本无法判断。

ཅ

无论在家人或是僧众，里面一定有菩萨的

化现，乔美仁波切说诽谤三世的众生也没有诽谤一位菩萨的果报重。诽谤僧众的果报有多可怕，真的要好好想一想。

༄

对上师要有恭敬心。有些人喜欢跟别人比，比房子、比车，连上师也比，说什么"我的上师非常好，你的上师不好"，这是分别念。如果一位上师是登地的菩萨，诽谤他也是谤法。

༄

学佛的人，管得住自己很重要。他人的行为可能如法，也可能不如法，但没有神通的人分不清楚这到底是业力的显现，还是非常殊胜的密行，更分不清是不是佛菩萨的示现。

༄

僧众是很严厉的对境，这个寺庙好，那个寺庙不好，这个出家人的行为不如法，那个出家人已经破戒，说一些类似这样的话业障非常非常重，对僧众本身没有任何影响，却只会害了自己，千万不要图一时之快，毁了自己解脱的因缘。

༄

有的人连四皈依都念不来，佛法的道理也不懂，却评论这个不好那个不好。不要因为自己有缺点就断定别人也有缺点，你如何了知别人呢？

也有人说某某出家人的行为不如法，损害佛法。出家人有这样的显现，绝不是佛法的问题。而且，即使他有这样的显现，我们依然无法判断，无法判断，就不要随意诽谤。

如果你对某个出家人没有信心，或者对他显现的一些行为看不惯，可以不去依止，不去亲近，但绝不要诽谤。这是我给大家的一个忠告！

有妒嫉心的上师贪、嗔、痴烦恼重，不要跟着这样的上师学习，否则你也变成他那样，犯谤法的过失。

俗话说，木头烧着了可以用水浇灭，水烧着了没有任何办法。造了其他的恶业可以通过修持佛法清净业障，而舍弃佛法，这样的业障无以对治。

我有位上师叫才旺晋美堪布，父母都虹身成就，他自己也是大成就者，我向他求过大圆满法。才旺晋美堪布曾经在熙日森佛学院求法，还做过辅导上师。有一次，佐庆寺的格日堪布讲《中观根本慧论》，有格鲁派的格西前来参学。格日堪布讲解空性的时候，格西显得不太恭敬。下课后，才旺晋美堪布找到格西，提了《俱舍论》里的几个问题。格西回答得不是很圆满，因为他长得有点黑，才旺晋美堪布就说，世亲菩萨和他的弟子从来没有这样讲过，你这个傲慢的黑皮是在哪里找到教证理证的？但是事后堪布非常后悔，他说自己这一世心里对佛法从来没有过一丝不恭敬，这次诽谤格西，业障很重。堪布从此以后再也不与人辩经，他还常常提起这事，要弟子们帮他念百字明忏悔。大成就者都如此重视因果，我们就更应当时刻检查自己的身口意三门。

ཉ

听课时说话业障很大，也会障碍别人听法。障碍别人听法，也是舍法。

ཏ

有些人发誓时喜欢用三宝作证，可是没过几天又违背了自己的誓言，这也有舍弃佛法的过失。拉喇曲智上师讲，以《大藏经》发誓作证，如果背弃誓言，一定要再修一部《大藏经》，不然业障清净不了。用三宝作证的习惯一定要改，必须需要的话，用太阳、用月亮，这些问题不大，三宝不行。

闻思修

闻思

学佛不能只在表面，真正修持才有可能解脱，不修不可能解脱，皈依后就应该开始修持佛法。

ༀ

只要切实修行，肯定会有进步。上等修行者天天都在进步，中等修行者月月进步，下等修行者也会年年进步。如果修行一直没进展，应该是没掌握要领。

ༀ

只有了解佛法，才能真正地修持。了解佛法的途径首先就是听闻，经过闻思才能理解，理解之后再修持，很容易获得成就。不懂就去修，一般根基的人很难修成。

ༀ

闻思充分才能对佛法生起坚定的信心，即使全世界的人说因果不存在，你也不会动摇。

宝池莲花
中唐 法华经 序品 莫231 南壁

八王子出家

盛唐 法华经 序品 莫217 南壁

过去有佛号日月灯明如来,他在出家前有八位王子,这八位王子听说父亲出家修行,证得无上正等觉,所以都舍弃王位,跟随父亲出家修行。日月灯明佛为妙光菩萨宣说《妙法莲华经》后入无余涅槃。在佛灭度后,妙光菩萨广为宣说《法华经》,八王子皆师从妙光菩萨。这八位王子最后都成就了佛果,其中最后成道的名为燃灯佛。妙光菩萨就是文殊菩萨的前世。

火宅喻

五代　法华经　譬喻品　莫98　南壁

　　一位富有的长者,看见宅院四周起火,而自己的孩子却仍在火宅中嬉戏,不知危险,不想出离,长者告诉诸子自己在门外准备了羊车、鹿车、牛车,载满珍玩之物,诸子听说便争相跑出火宅。佛陀就像这位长者,看见三界如火宅,众生却沉迷其中不求解脱,为救度众生出离苦难,佛陀便以智慧方便宣说不同法门引导众生精进修行。

雨中耕作
盛唐 法华经 药草喻品 莫23 北壁

  同一个地方的草木,被同样的雨水滋润,但是因为其品种不同,所以生长也不同。如来出现于世,像一片大云一样普遍世间,众生随各自根基不同,渐次修行,皆得道果。

法华经变

北宋 法华经 授记品 莫76 南壁

　　法华会上,释迦牟尼佛授记大迦叶尊者将来成佛,号光明如来。在这次法会上,释迦牟尼佛还为须菩提、目犍连、罗睺罗、阿难等诸多弟子进行授记。

化城喻
盛唐 法华经 化城喻品 莫23 南壁

　　成佛的道路艰辛漫长，有的众生中途因疲惫而心生退意，不能抵达最后的佛果，所以佛陀先宣说涅槃的果位，等到众弟子息灭痛苦烦恼后，再开示究竟、了义的教法，引导弟子继续寻求佛果，有如一位导师引导无数人走过一条险恶的道路，为了不让感到疲倦的人中途退还，所以用神通力化现美丽庄严的城郭，待众人抵达这座城池，心生欢喜休息足够后，导师再告诉众人城郭只是化现，要继续前行求取真正的宝藏。

水难
隋 法华经 观世音菩萨普门品
莫 420 窟顶东坡右侧下部

在法华会上，无尽意菩萨询问释迦牟尼佛观世音菩萨名号的由来。佛陀回答说，假使有无量百千亿的众生，遭受种种苦恼，只要一心念诵观世音菩萨的名号，观世音菩萨都能立即观其音声，使困于苦恼中的众生得到解脱，所以称为"观世音"。

观音
中唐 法华经 观世音菩萨普门品
莫 112 窟窟门北侧

一个人即使已经剃度出家,也许还会贪恋金钱、名誉,这说明他的正知正见不够稳固。如果闻思究竟的话,所作所为都会与佛法相应。

修行中很多旨在去除痛苦根源的方法本身看上去也很苦,如果没有巨大的信心,坚信只要去除根源痛苦就会消失,并且如果缺乏冷静理性的分析、判断来支持这种信心,我们恐怕很难在寻求解脱的道路上坚持下去。

学佛一定要稳重,内心不稳重的话,今天学佛,明天就可能跑去学别的。

佛陀说的很多道理,非常深奥,不用功闻思,是无法理解的。自己都不明白,就更没有办法弘法利生了。我从十几岁到二十五岁,可以说是废寝忘食地学;二十五岁开始一边讲课一边学,直到现在。通过这样的学习,对佛法可能理解了一些。

不要因为佛法太深奥,看不懂就放弃闻思,经常将心安住在佛法上,对佛陀的教诲会逐渐理解。

ཨ

我们的道途是佛陀的教法、证法，而由于智慧福德不够，人们会以不恰当的态度对待以文字形式流传下来的法。这五种错误是：第一，持文不持义；第二，持义不持文；第三，未领会而持；第四，颠倒而持（错误领会意义）；第五，顺序错乱而持。

ཨ

言辞优美、文学造诣高的文章，当然更有助于佛法的传播，让更多世人与佛法结缘。但是，我们应该把思维法义放在首位，而不能舍本求末，把心思用在琢磨辞藻上。

ཨ

有些人声称妙法不着文字，说"修行是要了知心的本来面目，不能着文字相"，希望不闻思教理而自动悟道。闻思是为了明法义，如果已经深契佛法要义，不闻思也是可以的。禅宗六祖慧能大师显现上目不识丁，但是他能讲经说法，随便拿一部佛经向他请教，他都能解释这部经真正讲的是什么。他不闻思，因为他已经懂了；而你不闻思，就不懂。不懂还不学吗？

ཨ

法王如意宝当年在学院对弟子的要求是：学过的法都要铭记在心，平常测验和年终大考时，必须在不参考任何书籍、笔记的情况下，当众讲解经论，有时长达几个小时。

ༀ

虽然不是所有人都必须广闻博学，正式为他人讲经说法，但大家还是应该在力所能及的范围内，努力记住和理解经文以及上师的教言。

ༀ

有的人看法本不仔细，随便翻翻就说这本书我已经看过了。佛法可不是轻易就能理解的，随便翻翻肯定不能通达其意。

ༀ

居士能够精通五部大论当然好，做不到也不必强求，但是要对自己专修的法一门深入，这也关系到大家自身的修证。比如修前行时应当反复钻研前行的法本，做到烂熟于心，力争把每个修法的内涵全部融入自相续。

ༀ

有疑问就去请教上师，或者通过教证、理证加以判别，然后依凭亲身实证去体悟所修之法的真实含义。

ༀ

从大圆满心滴部历代传承上师的传记中可以知道，他们几乎听受过所有教派的理论和教言。全知无垢光尊者对流传在西藏的绝大多数修法引导，都写过论文讲义。

་

藏传的修行人尤其注重上师教言，很多法本是大成就者修行方法与修证境界的真实记录，称为窍诀，字字千金难求，有幸得到的人应当铭记于心并反复思维薰习。就像《修心七法》中说：宣闻三世诸佛一切金刚语之功德，不及铭记上师一句教言之功德。

་

阿琼仁波切完成大量实修前行后，上师仍然要求他全文背诵前行引导文《普贤上师言教》。阿琼仁波切依教奉行，上师得知后特别高兴，勉励他说："就应该这样啊！一味注重冥顽不灵的盲目安住，而忽视闻思教理，是行不通的。上等修行者能成为上等的说法者；中等修行者能成为中等的说法者；下等修行者只能成为下等的说法者，这种说法是有一定道理的。"

恭敬求法

佛法要在恭敬中求，多一分恭敬就多一分功德。

་

《毗奈耶经》和《本生传》中提到：在讲

经说法的场合，不要对态度不恭敬的人、没生病却包头巾或戴帽子的人、打伞、拿手杖、带凶器的人说法。听闻佛法时，要怀着谦恭之心坐在低处，举止温顺调柔，喜悦地注视上师，专心听上师的开示，像饮用甘露一样。

ༀ

在听闻佛法的时候，要把自己看作病人，把佛法看作良药，把上师看作医生，把精进修持看作服药治病。

ༀ

在上师讲法前，摆设法座、铺陈坐垫，供养曼陀罗、鲜花等，是布施；洒水清扫，遮止自己不恭敬的行仪，是持戒；不损害包括蝼蚁在内的含生，忍受疲惫劳累和种种不适，是安忍；断除对上师及正法的邪见，满怀信心和喜悦之情听法，是精进；心不散乱，专心致志谛听上师教言，是静虑；勤于思考、遣除疑惑，是智慧。

ༀ

本师释迦牟尼佛在因地修行时，为了求法，哪怕只是求四句偈颂，都可以舍弃自己的生命。相比起来，我们为了求法受点累，苦一点、脏一点，实在都算不得什么。

ༀ

以前每逢法王如意宝上课的时候，听课的

人都特别多,经堂里坐不下,大部分人得坐在外面,我也经常在露天听课,夏天坐在烈日下,冬天坐在风雪里,下雨也不打伞。不光是我,大家都这样。可人人都踊跃欢喜,觉得能遇到法王如意宝这样的具德上师,能听闻甚深教言,是无数劫积累资粮的果报,高兴还来不及,哪里会在意身体上所受的这点辛苦。后来学院有了新的大经堂,能容纳很多人,大家不用再坐在经堂外面,可是每天上课大家还是会提前去,抢着坐经堂中间的天井,哪怕这意味着在大雪纷飞的冬天坐在结冰的水泥地上,就因为坐那能看见在三楼讲课的上师法王如意宝!

听法的时候要认真,不认真听讲,别说佛法,世间法也不一定能听懂。如果不能完全理解所讲的内容也要坚持听,佛法的内容都是佛陀和祖师们传承下来的金刚语,这些话语本身就具有不可思议的加持力,只要发心清净,认真地听闻,功德一样很大。

即使是天空中的小鸟、地上的爬虫,听到法会上海螺、法鼓的声音都会种下解脱的种子。

听法的时候,身不要走来走去,口不要东

说西说,意要认真专注。不要身在经堂里,意在经堂外。手头上的事都要停下来,念经、转经都不能做,其他的行为更不可以。

ཕ

要怀着对三宝的恭敬认认真真地听法,听法的人如果对讲法者和所讲的佛法没有恭敬心,过失非常大。

ད

在现在这个信息时代,上师的开示可以通过文字、音频、视频这些技术保存和传播,这一方面使大家能根据自己的情况主动选择听法的时间和环境,但另一方面,听法时心猿意马或昏昏欲睡的情况就更多了。

བ

末法时期遇到善知识很难,你们知道有戒律清净的法师宣讲佛法时,一定要去听闻。法师们宣讲佛法也要知无不言、言无不尽。

ཟ

不管是当地的法师还是外面请来的师父,观察以后向他求佛法,真正地求,求到后好好修持。

ཕ

佛法何其珍贵!任何人,不论示现贫贱还是富贵,只要他能教我们佛法,哪怕一偈一句,都是我们礼敬的对境。

ཨ

根据所处时代、社会环境、受众不同，说法者对佛法的诠释会有所不同，如果其诠释与佛法的基本义理，比如因果、悲心等相一致，那么即使说法者是名不见经传或行为乖僻的人物，他所说的都值得信赖和遵循；如果所诠释的与佛法的核心义理相违背，不论说法者名气多大、地位多高、看上去多么清净庄严，都不能想当然地全盘接受。不是他讲的佛法不对，而是他对佛法的解释有待进一步推敲。

道次第

一般人修法大致都要经历三个阶段：先理解教义，然后求行解相应，再至证悟，不可稍有知解便以为证悟了。

ཙ

在藏地，一般是一边闻思一边进行实修。比如修前行，从外前行开始，首先由上师宣讲有关经文的法义，弟子闻思，之后进入实修。外前行修行圆满后，进入内前行的修行，也是上师先引导，比如修法前如何发心、如何观想等，然后弟子用三天或者七天的时间，对听闻的法义进行实修，如此循序渐进。

ༀ

法本中的每一句话都有丰富的涵义，首先要理解它最外层、最明显的涵义，最好把原文记在心里，反复思考、体会，逐渐理解、领会它更深层的涵义。在实修中，也需要牢牢记住上师所传的法的每一个细节，反复串习，才能巩固、保持我们微弱的体会和觉受，继而激发对实相的证悟。

ཉ

仲敦巴尊者说：修行关键要闻思修交替反复。尤其对初入佛门的人来说，闻思修交替进行、反复串习极为必要。初学者还不太懂佛法，应该先闻思，了解法的字面含义，生起相似的定解后，再上座修习。座上反复忆持法义，这叫观察修；直到无须忆想也能持守法义时，便安住于对法的定解中，入定，直到再次生起分别念，这叫安住修。

པ

依照藏传佛教的传统，严格来说，一定要求按照次第修行。弟子在上师的引导下经过实修后，还要由上师验证和指导，只有经过了上师的验证和开许，弟子才能进行下一项修持。如果上师发现弟子的修行不合格，会让弟子继续修持，直到通过验证。

༡

密法修行很讲究次第，在没有求得前行之前，就听讲正行，或者在修持前行的过程中外前行和内前行颠倒受持，都不符合次第。

༢

修无上大圆满法，也有共同前行、不共前行、秘密前行等等次第；进入正行后，仍然有证量上的区别和递进。仅仅认识觉性本面还不够，还要继续修持，经由层层修证境界直至圆满获得不现一切的坚地，即大圆满法性尽地。

༣

开悟是指现量见到空性，又称见道、登地。根据显宗道次第，见道之前有资粮道、加行道；见道之后，有修道二地至七地的不清净地，修道八地至十地的三清净地。修到十地，本具智慧仍未全体显露，十地菩萨见如来藏仍如夜晚视物，不甚分明。在十地最后，以金刚喻定破除最后一分至微细的习气，自性光明无余现前，到此才是圆满无上正等正觉。

༤

所谓言下顿悟者，或在顿悟之前已用工有年，相续成熟，只待最后刹那，拨机一点，便现见本性；或偕宿慧于言下顿悟，一悟之后，仍需依止上师，于寂静处保任涵养多年，证量方能透彻稳固。除极个别特殊根器者外，这悟前悟后，都要修行。

ཀ

阿琼仁波切在修前行的过程中其实已经证悟觉性，那时他不到二十岁，但上师没有点破，甚至不给他看有关直指心性的法本，只是不断要求他修前行，并且完整背诵前行引导文，因为上师担心过早印证他的修证境界，有可能使他产生微细的执着，从而无法持续巩固自己的证悟。

ཁ

西藏无数修行人都是这样，即使已经达到极高的修证境界，仍然会整部整部地背诵经续论典。这不是为了成为饱学之士，而是出于实修的必要，便于在实修过程中，反复以经论和上师的金刚语指导修行、印证修证境界，反过来也以自证境界现量印证经论和上师的教言。

人身难得，我们得到了；佛法难闻，我们听到了；密法更加难遇，我们也获得了。今生能有这么好的因缘是我们往昔所积累的无量福报所致，一定要万分珍惜。

勤修行

१

众生的根基不同,有些学了不修,可能就得下辈子接着修,有些精进修持,可能这辈子就能解脱。

२

反转无始以来的惯性模式,需要付出极其艰巨的努力。不要觉得修法太累。世俗的事不勤奋努力都很难成办,何况发菩提心、为了一切众生的解脱和成就这样大的事业,不精进肯定不能成就。

३

修行很重要的是清净业障,积累福报。舒舒服服地能消业吗?凡夫人要想获得解脱与成就,不吃一点苦肯定不行。凭佛陀那么深广的智慧,也没找到让众生轻轻松松就成佛的方法。

४

在藏地的公路旁,常常可以看到磕大头去拉萨朝圣的人,我们有时候一天做一点点功课都觉得很难很累,看看这些磕大头的人,自己真是差得太多,要好好忏悔。

५

无始以来,我们曾无数次沦落三恶道,遭受比在人道所经受的疾病、衰老剧烈千百倍不止的痛苦,可那些苦都是白受。今生为求解脱所受的苦，不会白受。菩提路上每一分辛苦、每一分付出都是成佛的资粮。

༄

学佛要做真功夫，从最琐碎、平实处一路埋头做下去，不是一年两年，而是几年几十年，不松懈不放弃。如掷石入深潭，一沉到底。

༄

不管修哪个法门，如果只做表面文章，不硬碰硬在自心上下功夫，解脱都将遥遥无期。

༄

平时忙忙碌碌，有各种事情分神，能闭关修行的话很好。闭关比平时清静很多，修法效果好，做不到一年闭关一个月哪怕十天也可以，出家人再没时间至少也要闭关一百天。

༄

坐下来修法称为入座；下座后，日常生活行住坐卧中修持佛法，称为座间修法。起座后心里仍然要思维座上所修的法，不能人一起座，就把法扔到一边。有的修行，比如修心的法门，可以融入到日常的工作和生活中。

༄

在日常活动中保持座上观修所得到的体会。否则，尽管入座期间心稍稍有所改变，一出座还是满心烦恼，对世俗生活充满贪恋向往。这样的话，何时才能解脱呢？

ཨ

发了菩提心却不认真精进地修行，不但欺骗了佛菩萨也欺骗了众生。

ཨ

精进闻思修行与利益众生并不矛盾，不能借口要利益众生而放松自己的修行或纵容自己追求世间八法。假使自己的出离心、慈悲心还很微弱，对佛法一知半解，怎么能善巧帮助其他众生，分担他们的愁苦，引导他们走向解脱呢？没有双手的人却要下水救人，这太难了。我们努力修行就是为了更好地帮助众生。初学者安静下来，老老实实闻思修，就是在利益众生。

ཨ

真正的修行人，他的寂静调柔，可以感动人心，令人对佛法生起信心。虽说这是个浮躁的年代，但人们在内心深处仍然留存着对宁静淡泊的敬重和向往。在浮躁的年代，也唯有寂静调柔的心才能让人真正地信服。

ཨ

该做功课就认真做，肚子饿了就做饭吃，困了就去睡，不要一天一个念头、一个发心：我要做这个工作，我要做那个功德，我要怎样怎样……能做到这样，佛道就兴隆了，佛门也清净了，没那么多是非，更不容易被人骗。

ཨ

我传了很多法，但今后是不是精进修持是你们自己的事。得到了传承，加持肯定会有，精进修持的话会解脱，不修持的话，我也没办法。释迦牟尼佛也说："吾为汝说解脱道，当知解脱依自己。"

ཨ

自己不下功夫，总想着上师能像扔石头一样把你扔到极乐世界去，上师能力再大，悲心再恳切也无法满足你这个愿望。

ཨ

过去曾有很多上师出世，如果完全可以靠上师救度的话，我们怎么还会在这里呢？晋美林巴尊者曾经说："业障很重的人死的时候不要祈祷我救度，我救不了。"比晋美林巴尊者成就更高的上师还是很稀少的。

ཨ

死去的时候，亲人朋友在四十九天内给你做功德，会有帮助，但如果你业障很重，也很难帮你清净业障。死的时候见到自己有信心的上师都很难，靠以后做功德不是那么容易。

ཨ

不少信众在家里有人去世时请我到他们家

里念经超度。每当这个时候我都会告诉他们，希望在人还活着的时候去，这样可以让临终的人至诚忏悔自己以前的业障，精进念佛。自己修行忏悔对自己的往生帮助最大。

ཉ

自己度自己最重要，在自己有能力时，应该好好地修行。一定要相信佛说的，现在就要发愿不造业，发愿不杀生，发愿好好修行，临终时不后悔的人没有。

ཀ

别人骗你是小骗，自己骗自己才是大骗。

ཁ

今生今世修行的努力一定不会白费，只有精进修行的人才能不惧死亡，才能得到解脱的安乐。

积资净障

本尊

修学密法要选择自己觉得有信心的佛菩萨作为本尊，每天不间断地修持本尊的心咒，并不断观想本尊，祈祷本尊加持，这一生至少要圆满念诵一亿遍本尊心咒。

ག

法王如意宝一生中至少念诵了十几亿遍本尊心咒，这么伟大的成就者都那么精进，我们凡夫更没有理由懈怠。

ཉ

最有信心的、因缘最好的，就是你的本尊，观音菩萨、文殊菩萨、莲花生大士、阿弥陀佛都可以，对哪一位佛菩萨信心大，就选哪一位做自己的本尊。

ད

选定了本尊以后就不要换，出现任何情况也不能退失对本尊的信心，更不能舍弃本尊，要时时刻刻地向本尊祈祷加持。

༄

把你最有信心的上师与本尊观想为一体，保持观想的同时专心念诵本尊心咒，这会让你更快地感受到加持。

༄

诸佛菩萨往昔所发的愿力不同，所以不同的法门有自己的特点。发愿往生极乐世界，修阿弥陀佛；希望增长智慧，修文殊菩萨，但所有的法门最终都是为了解脱。修哪个法都能增长福报、得到往生加持。

༄

诸佛菩萨在本体上没有任何区别。专修一个法门，真正修成功了，也就等于修成了一切法门。

༄

任何时候都不能忘记释迦牟尼佛的恩德，如果不是佛陀通过累世的修行，最终觉悟了生命的真相，并且慈悲地与我们分享他获得的知识和经验，恐怕我们还在黑暗中摸索，不知道自己是谁，为什么来到这个世界，又要往哪里去。众生将永远无法从痛苦的轮回中得到解脱。

༄

大悲怙主观世音菩萨是诸佛无量悲心的化

现,雪域西藏是观音菩萨的道场,这里的孩子会叫阿妈的时候就会念观音心咒。汉传佛教中观音的画像与藏族的有些不同,这是因为众生根基不同,观音菩萨的不同显现,本体上没有任何分别,在修法上也没有本质区别。

ཏ

文殊菩萨是三世诸佛智慧的化现。《文殊智慧勇士灌顶仪轨》是法王如意宝在1987年去五台山朝拜的路上,经过汉地时在法界中取的伏藏,这个仪轨来源殊胜,加持极大。

ཐ

末法时期,修持佛法的违缘很多,越是这种时候越要时常祈祷莲花生大士,依靠莲师不可思议的加持一定能遣除修行上的诸多违缘。莲花生大士曾经说过,所有对他有信心、祈祷他的人,他都会亲临其前赐予加持。此莲花生大士灌顶是法王如意宝的前世列绕朗巴尊者的伏藏,修持这个法,偏重于消除违缘。

ད

黄财神是藏传佛教各大教派普遍供养的五姓财神之一,修这个法主要是为积聚福报,但和其他法门一样,也能清净业障、在往生中得到加持。修财神法也需要在具有出离心、菩提心的基础上,为了遣除众生的贫困而修行,功德也要回向。

经文和心咒都是佛菩萨为利益众生而宣说的金刚语，对众生相续的改变有着不可思议的加持。

佛弟子要记得戴念珠，凡夫的心容易散乱攀缘，戴着念珠才能提醒自己念佛、念咒，每天坚持念，对将来的往生有帮助。

忏悔

凡夫在六道中轮回，未能证悟万法实义的主要原因是在无始以来的轮回中所造下的罪业和积累的习气。清净业障的方法首先要生起忏悔心，在佛陀宣说的诸多忏悔法门中，金刚萨埵修法因其殊胜，被称为"忏悔之王"。

《金刚萨埵修法如意宝珠》是法王如意宝1997年在光明智慧中掘取的意伏藏，传承非常清净。这个修法仪轨简单，法王如意宝还特别开许没有传承也可以修持，所以非常适合初入佛门的人，而且伏藏当中明确授记这个金刚萨埵修法与汉地众生因缘很深。

१

观修金刚萨埵时,观想形象是金刚萨埵,本体是自己的金刚上师,金刚上师观想法王如意宝就可以。

२

在修金刚萨埵修法时,最重要的是认真观想,并且具足四种对治力。如果按照仪轨的要求圆满念诵,念金刚萨埵百字明或者金刚萨埵心咒,无始以来的业障一定能得到清净,这是金刚萨埵的愿力与诸佛的加持,对此不用怀疑,但是没有按照四对治力,达不到这样的效果。

३

《无垢忏悔续》中说:百字明是一切善逝的智慧精华,能够净除所有的失戒与分别念的罪障,称为一切忏悔之王。每天如理如法地念诵二十一遍百字明,一天中所造的恶业不会增长;念诵一百零八遍,一天内所造的业障全部清净。如果按照仪轨如法观修十万遍,可以清净无始劫以来的业障。金刚萨埵修法是我们一生都要修持的最重要法门。

४

有的人觉得今天造业没关系,明天可以忏悔,再造业,还可以忏悔,按这样的情况业障是否能得到清净,想一想四对治力中的戒后对治力，就知道了。

༄

今天获得金刚萨埵灌顶的人，每个人在一年之内要圆满念诵金刚萨埵百字明十万遍或者金刚萨埵心咒一百万遍，这个数字对于一个发菩提心度化众生、发愿往生极乐世界的佛弟子来说应该不难，希望大家都能发愿完成。修持圆满后，以后最好也能每天念诵一百零八遍，清净业障。

༄

数量是一方面，更重要的是质量。在修持时最好能闭关专修，比如每个月用三天时间，关掉手机、电话，去除所有干扰，在家专修。念诵时认真观想，并具足四种对治力，这样一年就可以有三十六天的时间专门修法，效果会很好。

༄

有人担心假使自己现在发愿念一亿遍金刚萨埵心咒，死的时候还没能圆满怎么办？对此不必多虑，如果从此刻开始精进勇猛地修持，哪怕明年死了，没念完一亿遍，也会获得念诵一亿遍的功德。不要一说发愿修持正法就马上想到无常不敢发愿，平时造业的时候完全想不起无常。

顶礼

　　五体投地地顶礼，一方面表示你决心放下傲慢和成见，把自己摆在最低的位置，坦然接受一切，不再担心摔跤和失去；另一方面也能积累巨大的福德资粮。

༡

　　傲慢的人，看不见自己的不足，也看不见他人的功德，顶礼这一法门是对治傲慢极好的方法。

༢

　　以身做礼拜顶礼，以语称颂祈祷，以意专注所做，具足虔诚依止之心，身、口、意三门圆满地顶礼，可以迅速清净相续中的五毒烦恼，去除傲慢之心。

༣

　　顶礼时要专注，不要身体在顶礼，心里却东想西想，周围有一点点动静，头就马上转过去。

༤

　　几百年来，西藏这么多人大礼拜去拉萨朝圣，从来没有听说过谁出意外，而且很多藏族人非常希望往生在路上，因为这样的话，佛一定会接引他们。

共修

与出家人相比较，在家居士显现上可能会有家庭、需要工作，平时不一定有很多时间修行正法，广泛利益众生就更不容易，能参与共修，是难得的机会。

ঢ

共修可以让所有参加共修的人都得到同等的、凭一己之力在一生中都很难完成的功德。在参与共修的人当中，出家人、在家人，都是发了菩提心利益众生的，而且这当中，肯定会有佛菩萨，与佛菩萨一起行持善法，这一功德直至菩提之间也不会灭失。

ঢ

大圆满祖师晋美林巴尊者曾经说："凡夫修持佛法如果没有以三殊胜摄持，一旦出现嗔心等违缘，功德很容易灭失。与具德上师一起共修的话，功德不会灭失。"凡夫修法时很难真正地以三殊胜来摄持，所以看到这样的教言，我们应该很高兴。

ঀ

共修不仅能让所有参加共修的人得到更大的功德和利益，而且缘于大家的共同发心与回向，可以使得更多的众生获得利益。

在共修的时候，要严格按照法本的要求和内容修。如果依照《喇荣课诵集》，就先念加倍咒，之后念《八吉祥颂》、供养仪轨、发心仪轨、《大自在祈祷文》等，再进入所修法的仪轨。一天的修法结束时，念诵《普贤行愿品》发愿回向。

这几年，通过菩提洲网站，大家进行过很多次共修，有放生共修，也有念诵佛菩萨圣号、心咒的共修，一起圆满了很多功德，但是我希望大家不光是共修期间，平时也要持续行持善法，尽自己的力量利益一切有情众生。

将每个人有限的功德融入共修的功德大海，将功德回向众生，愿一切众生离苦得乐、究竟成佛，这样的善行会让我们短暂而无常的人身富有意义、充满喜悦。

供养

供养可以帮助修行人积累资粮、增长福报，供养不是一定要有钱，佛弟子对上师三宝有财供养、承事供养和法供养，最上等的供养是法供养。

ཕ

修行有成才是真正地回报了父母和上师的恩德。以坚韧不拔的精神孜孜不倦地实修上师所传的一切正法,是我们献给上师最好的供养。

ག

真正的上师不会贪执钱财,但很多人在这个世界上最大的执着莫过于钱财,见到上师而能把自己最执着的东西送出去,表示你愿意放下对物质的贪执,接受上师的教导。这不仅是削弱我执的有效方法,也是积累资粮的方便之道。

ཁ

以清净发心在具德上师前做微不足道的供养,也有无量功德。如果你对上师有坚定的信心,发愿也清净,不论供养多少财物都同样有大功德。若信心不够,发心不清净,即使拿出钱财供养三宝,也不会有多少功德。

ག

富人供养的钱财多,穷人的供养少,如果发心同样清净,这二者在功德上没有差别。如果供养钱多的是大护法、大师兄,供养钱少的是小护法、小师兄,这和做生意没区别,不是我们学佛人的规矩。

第二部　修行纲要

ཀ

无论为上师做什么都是在积累修行的资粮。福德、智慧二种资粮圆满之前，不可能完全证悟空性；即使已证悟了空性，在获得圆满正等觉果位前，仍然需要精勤积累二种资粮，使修道日益增上。

ཁ

上师的所作所为无不在饶益众生，无不住于正法中，弟子通过自己身和语的行为为上师的弘法利生事业提供便利，虽然不是直接修法，却也是间接地利益众生、护持正法。

ག

供养财物的人如果发心清净，功德当然很大，但凡夫人的心不稳固，如果在供养时有吝啬心，供养后产生后悔心，能不能得到功德很难说。但将自己看到的悦意外境观想供养上师三宝，一般人不会产生后悔心。

ང

看到美丽的风景、盛开的鲜花，如果我们以清净的发心观想以此供养诸佛菩萨，我们所得到的功德也不可思议。扎西持林的僧众在夏天鲜花盛开的时候，会到山顶修持麦彭仁波切作的花供仪轨，将美丽的景色供养文殊菩萨和十方三世诸佛菩萨。

ༀ

1987年我随法王到五台山，在返回藏地前曾在菩萨顶供灯，供灯对于我们修行人增上智慧、遣除心中的无明有很大帮助。

ༀ

灯的光明象征可以驱散众生心中无明黑暗的佛陀智慧，供灯可以增上福慧，今后生生世世转生于有佛法住世的光明劫中，有缘听闻到佛法。供灯时也应发菩提心，以此供灯的功德回向无量众生，愿众生早日断尽无明。

大圆满

金刚乘的教法又有远道、近道、捷径三种。依靠外续事、行、瑜伽三部,在五世、七世或者十六世内能成就佛果,却不容易修学。依靠近道玛哈约嘎和阿努约嘎,能在一生一世成就佛果,但如果生起次第本尊如小指大小的形象也不能浮现于心、圆满次第一呼吸的气息也持不住,也难以修成。而依靠光明大圆满,数年数月就能成就双运果位。

ཨ

大圆满是一种内证智慧,意思是说三有所显、生死涅槃一切的法无不在这个证智空性中圆满具足,所以叫做圆满;而解脱生死的方便,没有比这个更殊胜的,所以叫做大。

ད

其他的法门大多数是在分别伺察中建立信念,大圆满法不用分别伺察,当下直指;其他的法要用风、脉、明点等，年轻的时候脉道舒展，容易修成功，要是年龄大了，则不易修成功。大圆满法的光明日月从内起现，只要具足精进，不论老幼，都能解脱；其他的法都认为法身、报身、化身三身是究竟成佛时才能获得的果位，大圆满法则基道果无别，果位的三身在道中明朗显现，是在究竟光明本净界任运证智的妙有境界。

ཤ

大圆满法被共称为九乘佛法之顶饰。法王如意宝说过：得到大圆满法的人，如果对上师具足信心，不破密乘戒，不诽谤佛法，按次第精进修持，今生就可能成佛；没有即身成佛的，在临终法性中阴或转世中阴出现时，也能解脱。最慢的情况，来世十五岁到二十五岁之间一定能再值遇大圆满法，条件具足的话，一定能解脱。

བ

别说得到大圆满的灌顶和引导，或者听闻大圆满法，仅仅听到大圆满的名号，此人也必将于人寿十岁时得到吉祥智慧空行母的度化，在生、死及中阴三时段中的任何一时获得解脱，这在《阿底大庄严续》中有明确的开示。全知麦彭仁波切在《文殊大圆满基道果无别发愿文》中也写道：（大圆满法）仅仅听闻也必定能解脱。

第二部　修行纲要

ༀ

法王如意宝以前常说每当他想到自己有幸出生在佛法兴盛的雪域西藏，有幸入于前译宁玛巴持明传承之教下，并从上师那里听闻到大圆满法，自己也能思维大圆满的法义，真正修持大圆满法，真是开心极了。有时候晚上躺在床上想，不说别的，仅仅是每天能把大圆满的法本带在身边，都一定是清净了无数的业障、积累了巨大的资粮才能这样。想到自己的福报，他高兴得简直要从床上跳起来。

ༀ

学识和证悟是两回事，通达经论当然有助于开悟，但不一定能保证开悟。在大圆满的教法传统里，只要依止的是真正的大成就者并对上师具足信心，依教奉行，随时随地都有可能开悟。

ༀ

修行大圆满必须借助上师的窍诀，否则不会成就。进一步说，要证悟大圆满心滴部之甚深密意，唯有依靠上师的意传加持。如果对无上密法、对上师有强烈和虔诚的信心，大圆满就显得比较简单。

宁玛之光

末法时期众生的烦恼业力不可思议，大圆满的加持力同样不可思议！密续中有授记："在有勤因乘难以调伏众生的时期，大圆满法将广弘于世，普度有缘众生。"

ཨ

值遇大圆满，对大圆满生起信心当然是福报深厚、宿有善根，但这并不能说明你是"上根利智"，不用闻思，不用费劲，就能成就。我们今生能值遇大圆满法，应该感激的是大圆满历代传承祖师以及大圆满法系内无数的成就者、修行者。没有他们的悲心和努力，大圆满的法脉不可能如黄金山脉般延绵至今。

ཨ

《释迦牟尼佛广传——白莲花论》中有这么一则故事：释迦牟尼佛在因地时曾为一国国君，境内普降粮食雨、珍宝雨，几日不停，国民都说："我们的福报真大！"国君说道："不是你们的福德，这一切都是因为我一个人的福德力啊！"

ཨ

大圆满传承的上师们默默承担起常人无法想象的巨大障难，不惜牺牲自己，以帮助更多众生接触到大圆满法。在末法时期，像法王如意宝这样的祖师大德，出于对众生无量的悲心，在较广大范围内传讲过去只在小范围秘密传授的大圆满法，使我们有幸值遇此殊胜法门。

ཧཱུྃ

法王如意宝十几岁便证悟了大圆满，他从小就相信自己一定能获得虹身成就，甚至像莲师那样不舍肉身直接去往清净刹土，但是后来法王如意宝广弘无上大圆满法，有些弟子破了密乘戒，甚至存心制造违缘阻碍上师的弘法利生事业。法王如意宝曾说因为这个原因，他示现圆寂时可能不会虹化，可他绝不后悔，能让更多众生获得大圆满法的利益，不虹化也没有关系。法王如意宝还说："我圆寂后，肉身可能不会化光、缩小，也许反而会增大，如果是这样，你们也不必害怕。我不会给你们造成任何伤害。我的慈悲心、菩提心与生俱来、无有造作，不管在什么情况下，我都不会伤害众生哪怕一根毫毛。不论我最后怎样示现，都希望大家不要心生疑惑，不要毁谤上师，更不要退失对大圆满法的信心！"尽管受到破戒弟子冒渎之气的严重干扰，法王如意宝示现圆寂时仍然呈现了虹身成就的种种瑞相，肉身缩小，虹光漫天……法王如意宝还留下了殊胜稀有的金刚舍利，让世人再次见证大圆满法的不可思议和圣者福德力的广大无边。

ༀ

法王如意宝在世时一直提醒我们珍惜跟随上师学法的机会，他说："等我不在了，你们再想求大圆满窍诀，很难呐。末法时期，有些人会讲法，自己却没有多少修证；有修证的又往往不能按照见、修、行、果的次第为弟子完整传讲大圆满法；有的人既没有证悟境界，也没有能力传讲续部教言，却喜欢信口开河、四处传法。真正有修证、能讲大圆满密续、又能讲窍诀的上师，就像白天的星星一样稀少。"

ཉ

我很幸运，今生能成为法王如意宝和诸多具德上师的弟子。如果不是凭借上师们深厚的悲心和福德，末法时期如我这般福报浅薄的众生，不可能接触到大圆满法的光明。现在，仍有许多高僧大德住在世间，不遗余力地弘扬大圆满法。他们是这世间的庄严，是众生的依怙。

龙钦宁提

大圆满续部有多达六百四十万续，归纳起来，有心部、界部、窍诀部，窍诀部又有外、内、密、无上极密类，其中，无上极密续集外、内、密续之大成，完整、详细阐述了本基的实相、道——见修行、果——究竟解脱的道理。无上极密有十七续,加上《密咒护法忿怒续》,一共十八续。

ༀ

生活在十四世纪的大圆满传承祖师全知无垢光尊者从广大和甚深两个方面对大圆满十八部续的密意进行了归纳和诠释,撰写了诸多论著。其中,广大班智达类是《龙钦七宝藏》,甚深革萨里类是《四心滴》。

ༀ

宁提(心滴)法系有两支主要传承:布玛木扎尊者的心滴传承和莲花生大士的心滴传承。无垢光尊者在上师面前获得这两个传承的口传,后在定境中亲见莲花生大士和布玛木扎尊者,得其传承和嘱咐,编纂、撰写了《四心滴》,共有五函,分别为:一、《布玛心滴》,布玛木扎尊者所传;二、《空行心滴》,莲花生大士所传;三、《上师心滴》,对《布玛心滴》作的广释;四、《空行精滴》,对《空行心滴》作的广释;五、《甚深心滴》,总摄前四函的内容而著的教言。因为第五函的内容以前四函为根本,所以通常将这五函共称为《四心滴》。

ༀ

到十八世纪,大圆满传承中又一位集大成

者——晋美林巴尊者（持明无畏洲）出兴于世。晋美林巴尊者是布玛木扎尊者和法王赤松德赞的双入化身，而法王赤松德赞曾在莲花生大士和布玛木扎尊者前得到宁提传承。晋美林巴尊者一身融汇了宁提法系的两大传承，并得到全知无垢光尊者的意传加持。

ༀ

晋美林巴尊者对全知无垢光尊者怀有极大的信心，在桑耶青朴进行三年三月零三天的闭关时，于禅定中三次见到无垢光尊者并得到其身、语、意的加持，从而获得了大圆满的最高证悟。全知无垢光尊者相续中的宁提密续在晋美林巴尊者的相续中完整显现。尊者造了一系列论著开显《龙钦七宝藏》的真义。

ༀ

当年莲师在桑耶寺给法王赤松德赞等弟子传了《龙钦宁提》法，并由益西措嘉空行母将此法伏藏于诸弟子的本觉智慧中。莲师给予授记灌顶，预言这些法要将由法王赤松德赞的转世晋美林巴尊者发掘。九百多年后，莲师的授记灌顶成熟以及善妙因缘具足，晋美林巴尊者在其光明心性中开启出直接来自于法身普贤王如来和莲师的意伏藏法——《龙钦宁提》。《龙钦宁提》集合了《布玛心滴》与《空行心滴》

两支传承的精华,包括若干本续、附续及众多窍诀、仪轨和引导,由晋美林巴尊者逐一开启,并逐步写成书面经函。

ཉ

龙钦宁提源自普贤王如来,通过如来密意传、持明表示传和补特迦罗耳传三种方式,经由历代传承祖师至晋美林巴尊者,才完整构建这个法系。称其为龙钦宁提的主要原因是:其一,此法是大圆满窍诀部无上极密类法门,为诸法心髓;晋美林巴尊者在禅定中亲见无垢光尊者(龙钦绕降),得到大全知的加持和启发后,才完整开启了伏藏法;其二,此法汇集了无垢光尊者所传的以《四心滴》和《龙钦七宝藏》等为核心的宁提法系的精髓;其三,"龙钦"的意思是无所不包,"宁提"的意思是心髓。此法系既广大甚深,又浓缩了所有法门的精华,诚如晋美林巴尊者所说"此即广大界,此即是心髓"。

ཉ

法王如意宝曾说:他传给我们的大圆满法,传承来自全知麦彭仁波切的意传,而麦彭仁波切的传承则是得自全知无垢光尊者的意传。又一次,法王如意宝说:他的大圆满传承直接来自无垢光尊者的意传,所以大家应当对这一带着传承祖师温热气息、如金线般纯净无垢、无断无染的近传承心生欢喜、珍惜和感激。

大圆满前行

龙钦宁提是即生可获得金刚持果位的甚深妙法,然而,在进入龙钦宁提大圆满正行修法前,除极少数上根利智的弟子外,通常要严格地按照次第从前行修法开始修持。

ॐ

修前行是修出离心、菩提心,积资净障,调柔相续。打好前行基础后,正行修法才能顺利和稳固。前行修法的基础扎实,证悟大圆满并非难事。历史上也有不少在修前行的过程中显现开悟的例证。

ॐ

专心修前行,自然无人我是非,贪嗔、嫉妒、恼害之心也少了。前行修得好,远离世间八法,对境无妄心,就是禅定。此定不着定相痕迹,行住坐卧不离其中。

ॐ

阿琼仁波切在《前行备忘录》中写道:传统上,前行修完后,上等修行者即能成就四禅,中等修行者可修成初禅，下等修行者也能达到欲心一境。

༈

法王如意宝在喇荣五明佛学院传讲大圆满法时，要求所有祈请大圆满传承与灌顶的弟子务必先完成前行修法；有个别特殊情况，没修完前行就获得传承与灌顶的弟子也必须发愿在最短时间内修完前行。

༈

大圆满前行修法分为三部分：共同外前行、不共内前行、往生法。

༈

在共同外前行部分，要修持"暇满难得、寿命无常、轮回过患、因果不虚、解脱利益、依止上师"六法。共同外前行是人天乘、声缘乘、大乘（菩萨乘）共同的修法，目的是调柔相续，生起知苦离苦之心。

༈

通过观修暇满难得和寿命无常，我们将不再贪恋、希求今生今世的享乐；通过轮回过患、因果不虚的修法，我们将断除对来世生于善趣、享受人天安乐的希求，并间接对谋求自利的心行产生厌恶。对谋取今生、后世、自利的心行生起厌离就必然追求解脱，为此务必要思维解脱的功德利益，并认识到只有具足法相的上师善知识才能宣说解脱道，因此要知道如何依止善知识。

不共内前行是大乘的修法，包括皈依、发菩提心、金刚萨埵百字明、供养曼茶罗和磕大头五个修法，也叫五加行。

往生（颇瓦）法主要针对没有机会求得正行法或求完正行后修道还没有达到稳固境界的人，在死亡来临时，依靠颇瓦法来延续道的修行。

颇瓦法是莲花生大士为了饶益一切众生传承下来的法门，如果今生遇到大圆满等法但没有成就，可以通过修持颇瓦法在中阴得到解脱与成就。颇瓦法的修持很简单，如果具足信心，在一个星期左右就会出现验相。

发愿修一次前行不容易，应该尽量如理如法地修持，不要图快而影响修行的质量。如果观照和发心得法，功德和悲心会迅速增长。

按照传统的做法，前行法最好能入座修，以打坐的方式，有规律地在一天当中更适合修法的几个时间段里修行,比如黎明座、上午座、下午座、傍晚座。

ༀ

心念的变化与身体内气脉的运行密切相关,二者互相影响;人体气脉与日月星辰的移转又有密切关系,所以我们根据太阳的运行规律来确定修法时间,在这些时间段里,心比较调柔、安静,适合观修。

ༀ

修法的入座时间可以根据实际情况决定,一天安排两座、三座、四座、六座等。各地经纬度不同、春夏秋冬四季变化日出日落的时间也不同,很难笼统地说每一座具体几点开始、几点结束,个人根据自己居住地的实际情况定时间表。

ༀ

一旦入座,最好就不要中断,上厕所、接电话、开门关门、处理杂事这些都尽量在入座前处理好。

ༀ

晋美林巴尊者在总结前人经验及龙钦巴前行仪轨的基础上,撰写了更为系统、完整的仪轨,广述了大圆满前行修法次第。其大弟子晋美成利俄色(菩提金刚)后来对此仪轨又做出进一步补充,称为《大圆满龙钦宁提能显遍智妙道前行仪轨》。晋美林巴尊者将前行仪轨修法口传给如来芽尊者等弟子。

ཟ

近代大圆满传承上师全知麦彭仁波切概括大圆满前行仪轨的主要内容,撰写了更为简明扼要的前行仪轨《开显解脱道》。修前行时,既可以念诵《大圆满龙钦宁提能显遍智妙道前行仪轨》、《开显解脱道》,也可念诵其他高僧大德所造的前行仪轨。

ཀ

五加行的仪轨是如真佛般的大成就者所撰写,密意深广。即使从简单的层面理解,修持后也能对佛法生起真正的信心,对众生生起稳定的悲心。

ཁ

像华智仁波切这样不可思议的祖师大德每一座修法都要修前行,作为初学者更应该心无旁骛、精进不辍地实修前行。

ག

无论是修共同外前行还是不共内前行,每一段引导,每一座,都要如理如法地按照座前准备、入座观修、结座回向的各个具体步骤去做。

ཉ

　　结座之后，不要一跃而起，要反思一下，自己这一座到底修得怎么样，有没有随迷乱所转。修得好，不要沾沾自喜；修得不好，也不要失望懈怠。要鼓励自己不论遇到什么情况都要坚持修法。

ཏ

　　初学者没有太大能力管好自己的心，也就是没有定力，在其他时间观修不会有很好的效果，特别容易昏沉、散乱，所以在座间还是念经和做其他善事为宜。

ཐ

　　很多人修起五加行来很精进，与人交往时脾气却很大，这说明在修五加行的时候，只求数量，忽略了许多重要细节，比如说悲心的修持。脾气大是一种情况，还有其他的一些表现，也是因为修加行时匆匆而过。

ད

　　磕大头最好能和七支供一起修，念一遍七支供磕一个大头。做不到的话，也可以和皈依一起修，每磕一个大头念一遍皈依偈。磕头的时候把父母、亲人、仇敌、旁生及其余的六道众生全部观想在自己身边共同皈依。

四无量心是菩提心的基础,在修正行发菩提心之前,要先进行四无量心的闻思修,不要忽略,跳过去直接修正行发心。

"慈、悲、喜、舍"这四无量心,任何一项都不容易做到。比如对一切众生时刻保持悲心,大多数人是做不到这一点的,能对一切众生时时刻刻保持悲心,差不多已经成佛了。

四无量心的修持相对稳定后,再念发菩提心的偈颂"如同三世佛佛子,已发最胜菩提心,我亦为度遍天众,愿发无上胜觉心",相信大家会有不同的觉受。

念一念发菩提心的仪轨很容易,但应该扪心自问:到底有没有在心底真正生起这样坚固的信念,在行住坐卧、与人交往时都能保持这样的发心。

圆满修持五加行和上师瑜伽后,大家的相续必定会得到根本改变,到那时就可以在一位具德上师面前祈请大圆满的传承或灌顶,修持大圆满法。

第二部　修行纲要

普贤上师言教

十九世纪时，如来芽尊者的弟子华智仁波切在如来芽尊者座下聆听了二十五次大圆满龙钦宁提前行法，每一次都做详细的笔录。他说："上师的教言，我一个字都舍不得忘。"华智仁波切后来把如来芽尊者口传的前行法教言汇集成文，他认为自己的根本上师与普贤王如来无二无别，因此把上师教言笔录称为《普贤上师言教》。

《大圆满龙钦宁提前行引导文·普贤上师言教》不仅广泛深入地讲解了龙钦宁提前行仪轨的内容，而且摄集西藏各主要教派的前行引导文及显密修法之关要，完整涵盖了三士道次第，包括诸多殊胜窍诀要点，极为难得稀有。

华智仁波切的大弟子纽西龙多仁波切将来自上师的口传和窍诀传给堪布阿琼仁波切，阿琼仁波切据此写出《前行备忘录》，集诸多实修窍诀于一体，为后世修行者留下了又一部珍贵的前行引导文。

自从问世以来，《普贤上师言教》一直是

西藏流传最广的前行引导文,被反复听闻、讲解、背诵。在西藏,能背诵《普贤上师言教》的修行人非常多。

ཕ

我曾在法王如意宝、根容堪布、才旺晋美堪布和晋旺堪布前多次聆听口传及窍诀。法王如意宝传给我的《普贤上师言教》的传承是由华智仁波切传给乐喜堪布公美,堪布公美传给喇嘛罗珠仁波切,罗珠仁波切传给法王如意宝。

ཕ

在法王如意宝座下我完整听闻的第一部论典就是《普贤上师言教》。以前在喇荣五明佛学院,每年的藏历神变月,法王如意宝都会传讲一遍这部前行引导文,我们也得以在上师面前一遍遍听闻这一殊胜教言的口传和窍诀。

ཕ

在宁玛巴教法中,不论是出家人还是在家人,初入佛门都要修学《普贤上师言教》。法王如意宝一生得到的传承和自己阅读的次数加起来至少七十多遍。这部如珍宝般的前行引导文一定要反复阅读,实修的时候修到哪个修法,还要重点看这个部分。

ཕ

《普贤上师言教》、《前行备忘录》以及

其他多种前行引导文都是具有持明传承殊胜加持的法本，如果反复研读、如理修行，一定能得到加持和成就。

上师瑜伽

喇嘛钦

　　两千五百多年,我们由于傲慢、颠倒、固执、牵挂和恐惧,一再错过机会,直到今天。尽管我们依然褊狭,依然不知珍惜,却有人依然持佛陀的智慧明灯,在无尽的夜里等待为我们照亮前路。如果我们还是错过,他说:他会停留,他会再来,直到我们不再错过。这就是上师的慈悲。

ཨ

　　上师在世间停留不是因为留恋,他是不忍离去,他想帮助我们了悟:我们的心和他的心一样,其实已经在光明中。

བ

　　藏语中,拜师求法叫"喇嘛拉登巴","喇嘛"的意思是上师,"登巴"的意思是依靠。世俗之事,一般人也能帮你解决,而成办解脱轮回的大事,只有依靠上师。

ཀ

藏地的大成就者米拉日巴与他的上师玛尔巴，古印度的大成就者那洛巴与他的上师帝洛巴，他们之间有很多精彩的公案流传于世。上师要求弟子做一些看起来与佛法无关的事，比如盖房子，比如乞讨，有些要求看起来甚至非常不合理，而做弟子的，因为对上师怀着强烈的信心，所以上师怎么吩咐就怎么做，历尽千辛万苦，饱受磨难，但最后在上师的加持下得到成就。

ཁ

在金刚乘中，所有的成就都依赖于对上师的信心与上师赐予的加持。缺少对上师的信心，不论你有怎样的世间聪明，或者阅读过多少经论，可以肯定的是，你的修行很难有结果。

ག

密乘的修习中强调"不违背上师教言"，目的并不是为了树立上师的权威，而是为了培养弟子平静接受一切际遇的能力。

ང

在上师面前，没有自我的立足之地。

ཅ

世间万物相互联系、息息相关，我们如果能对一个人完全敞开心扉，就能对整个生活开放；如果在任何情况下都能与一个人沟通，就能和整个世界沟通。

ཀ

上师的加持无所不在，生活中的一切际遇都是诸佛菩萨的加持。这意味着我们决心直面生活的实况，选择把顺境逆境都当作修行的途径。

ཁ

如果我们真正相信上师的加持无所不在，就不会在意自己会摔得多惨，哪怕山穷水尽，比周围的人都潦倒，也可以接受。事实上，这份坦然和决心，已足够令我们的生活开阔而富足。

ག

当你放下成见、伪装和算计，不再牵挂、焦虑和希求，你的心才真正敞开。只有到这时，你才有可能去接收上师一直在试图传递给你的信息。

ང

上师与弟子之间关键的是心灵相契，无伪的信心可以穿越时间、空间，而成就者的加持原本就无所不在。

ཅ

不论身体离上师是远是近，只要内心保持

与上师的默契沟通,理解、领悟、牢记他的教诲,在心灵深处感念他的功德和恩德,就能领受到上师源源不断的加持,这便是跟随上师修学佛法,依靠上师趣入解脱。

千江有水千江月,如果上师的心是空中圆月,个人心中的江河愈平静,映出的月影就愈皎洁圆满。污物漂浮、波浪汹涌的江面倒映出的月影必定是染污零乱的。只要是单纯而坦白就比较容易与上师相应。

当我们逐渐敞开心扉,学会恭敬而亲密地对待周围的一切,与己、与人、与世界不再频发冲突,我们会明白:这份单纯和坦白是上师手把手教会我们的。

上师就是我们现量能见到的佛,是我们内在佛性的具体外相。从向外驰求转向回归自性,在这个转变发生的那一刻,我们便开始准备与上师相逢了。

如果我们有佛菩萨的智慧洞见,就会看到今生今世与上师的相逢,是我们在轮回中最圆满、最温馨的经历。

ཨ

因为往昔积累的福报,我们才得以在今生见到自己的上师,然而,这样的相逢很短暂。

视师为佛

上师对于我们至关重要,从一开始就不能破坏师徒之间的缘起。上师要观弟子成佛,弟子要视上师为佛。持明无畏洲说过:如果把上师看成凡夫,就只能到狗面前去取悉地了。

ག

一个人会值遇怎样的上师,既取决于个人的发心和与上师的因缘,又与同时代众生的共同业力相关。释迦牟尼佛直接以佛陀的形象出现在世间引导众生;佛灭度后,众生福报减小,只能看见佛以阿罗汉的形象示现;阿罗汉之后是班智达利益众生;到现在末法时期,众生眼里只能看见普通人,佛便以普通人的形象出现在我们的生活中。

ད

法王如意宝在讲解《杰珍大圆满》时曾经对弟子们说:"该传给你们的大圆满法,我都已经传给你们了。从今以后,希望你们真正视上师为佛,勇猛精进修上师瑜伽。如果能做到这两点，今生即使没有闻思也必定能证悟大圆满。你们对此不要怀疑，也不要犹豫。这是至尊蒋阳钦哲旺波当众所说的金刚语，其他很多上师也这样说过，我亦如是说。"

ༀ

证悟大圆满必须依靠弟子对上师的信心以及上师赐予的加持。如果嘴上说"上师是佛、上师对我的恩德很大"，相续中却没有生起这样的定解，没有真正视上师为佛，那么无论你有怎样的世间聪明，通达多少甚深经典，都得不到上师最殊胜的加持，无法证悟大圆满。

ཨཱཿ

根据莲花生大士的教言，大圆满修行人根器锐利主要表现在四个方面：视师为佛，具有坚定的信根；不畏惧金刚乘的广大行为，具备精进根；能证悟金刚乘甚深见解，具有超卓的慧根；能严守三昧耶戒，具戒根。我们可以对照一下，看看自己在这四个方面存在哪些不足，不足之处要加倍努力改进。

ཧཱུྃ

《应成续》中关于弟子的法相讲了很多，其中最重要的是对上师具有恭敬心。具足对上师的恭敬心，证悟无上密法并不困难，面见本尊、神通神变以及对众生的大悲心这三大功德也会自然而然地成就。

怎么观察自己的上师是不是大成就者呢？以大圆满的自宗来讲，如果有具有神通、亲见本尊和利益他人三种能力，麦彭仁波切说这就是大成就者的一种征象。

修持大圆满的上师，有的经常显示神通，有的偶尔示现，但如果对未来的授记非常准确，就证明是大成就者。至于亲见本尊，一般人难以揣测，如果这位上师弘法利生的事业和发心非常广大，说明他与本尊有密切的关系，也可以证明他是大成就者。

上师瑜伽

没有足够的宿世福报，今生不可能值遇贤善的上师，而内心不清净，即使真佛现前也不会见其功德。自心清净，佛陀即使以普通人的形象示现，你也能认出他是佛；自心不净，再好的上师你也看不出他的好。

上师瑜伽修法能使我们增上对上师的信心，

这也是最接近大圆满正行的修法。有很多修行人在修持上师瑜伽时获得成就。我见过很多修行人，他们没什么文化，大字不识，但依靠对上师无伪的信心，在临终时显现成就的瑞相。

ད

上师亲自来到我们面前将佛陀的甘露妙法毫无染污地传承给我们，所以上师与我们的因缘更近，对我们的恩德也更大。时时祈祷上师，能够迅速获得加持。

ན

在进行日常念诵或其他闻思修行前先修上师瑜伽，无论你在修前行法还是正行法，都会很快趋入正道。

བ

修上师瑜伽时，如果真正相信自己的上师就是佛，是佛以人的形象出现来度化自己，如果对此没有一丝一毫的怀疑，那么可以在修法时直接观想上师本人的形象；如果只是把上师观想成佛，对于"上师即是佛"这一点仍有疑惑，修法时可以把上师观想成本尊；或者虽然对"上师即是佛"还有疑惑，但直接观想上师比观想本尊更让你觉得有加持力，那么修法时也可以观想上师的形象。

ཕ

往昔无数的佛陀出世，但我们因为业障深重，没有得到度化，现在上师以无量的悲心再次来到我们面前，开示解脱之路。如果没有遇见上师，自己肯定还会在轮回的苦海中继续漂浮，感受无量的痛苦，没有机会解脱。照这样一点点地观想，慢慢地我们会在观想到上师时汗毛竖起，甚至情不自禁地流泪。这时候，我们对上师肯定生起了信心。

བ

观想上师在自己头顶上方，一边观想，一边念诵上师瑜伽。念诵之后开始祈祷上师，可以念诵上师的心咒。最后观想上师变成一个明点，由头顶融入到自己的心间，如此安住一段时间。

མ

上师瑜伽是一切教法的源头，直指诸法实相，它是无上究竟法门，却易懂易行，随时随地都可以修持。

ཙ

吃饭时，观想上师在自己的喉部，美味的饮食都敬请上师享用；走路时，观想上师在自己右肩的上方；感受快乐时，想到这是上师的恩赐；处于逆境时，想到这是自己的果报，慈悲的上师加持，让自己在有能力清净以往业障的时候经历这一切，学会体验他人的痛苦，从而更快地生起菩提心。

ཨ

对上师有信心，对众生有慈悲心，相信因果，做不到这三点，即使释迦牟尼佛亲自来到你面前宣讲大圆满法，也不可能开悟；做好这三点，哪怕魔王现身也无法诱导你偏离解脱正道。

ཨ

有的弟子询问修上师瑜伽时能否观想我的形象。我只是一个凡夫，一个凡夫祈祷另一个凡夫得不到什么加持吧，要祈祷就祈祷法王如意宝。法王如意宝是一位可以把今生来世的安乐都托付给他的上师。

ཨ

我以前有个侍者叫德利，是位非常清净的出家人，对我很好。1995年，德利身患重病从佛学院回到家乡青海。他临终时一直念着我的名字祈祷，在祈祷中离开了这个世界，刚二十五岁。德利去世后他的父亲来看我，告诉我当时的情形。我听了非常难过，当时就哭了，怎么也忍不住，在场的人也都跟着哭了。我是不轻易落泪的人，离开法王如意宝时会哭，其他时候很难。德利不应该祈祷我，他应该祈祷法王如意宝。

ག

法王如意宝是我所知道的具德上师的代表，既了义地通达佛法，又具有高尚的人格，是末法时期真正具足法相的善知识，非常难遇。在法王身上，光是做人，就够我学一辈子。

ཟ

我还不具备让弟子生起信心的能力，假使你们要找寻这种信心，应该向法王如意宝祈请，他才有这种能力。

འ

愿意观想我，肯定是对我有信心，既然对我有信心就按我说的做。如果你们有自己的具德上师，可以观想自己的上师，如果一定要观想我，就观想法王如意宝。

ཡ

我没有什么功德，如果有那么一点点的话，就是从来没有把法王如意宝当凡夫想，也从来没有扰乱过上师的心。

ར

我传的法全是法王如意宝传给我的，而且我在依止法王如意宝的二十一年中，从来没有违背过上师的教言，从来没有让上师示现不悦，传承非常清净。接受过我的传法的弟子,你们与法王如意宝的传承非常近,祈祷法王如意宝会很快得到加持。

༢

有人也许会有疑问,自己没拜见过法王如意宝,没得过法王如意宝的传法和灌顶,祈祷法王如意宝会有加持吗?能将法王如意宝观想为自己的上师吗?这不用有任何疑问。法王如意宝是真正的佛,任何人只要真心向他祈祷,一定会得到法王如意宝的加持。不管见没见过,都可以把法王如意宝观想成自己的上师。

༣

我们这些佛弟子,谁也没有见过释迦牟尼佛和阿弥陀佛,但一样可以通过信心和祈祷与佛陀的加持相应。如果没有见过就不是上师,那是否释迦牟尼佛也不是我们的上师呢?我们还是不是佛弟子呢?

༤

在法王如意宝生活的年代,麦彭仁波切早已圆寂,然而法王如意宝对麦彭仁波切具有坚定的信心,在十几岁时念诵了一百万遍麦彭仁波切的祈祷文和一万遍麦彭仁波切所作的《直指心性之教言》,证悟了无上大圆满。法王如意宝常常提醒:"对麦彭仁波切的法一定要注意,哪怕你们说一句麦彭仁波切的不对，传承的加持力都会断掉。"

༄

只要对法王如意宝具足信心，精进修持法王如意宝所作《上师瑜伽速赐加持》的修法，至诚祈祷，一定会得到不可思议的加持。

༅

不论做什么功德善事都可以时时刻刻地向法王如意宝祈祷。法王如意宝是众生的如意宝，所有向他祈祷的人都会得到他的殊胜加持。

纪念法王

无尽藏

从本师释迦牟尼佛圆寂到现在，快有二千六百年了。在这漫长的岁月中，无数高僧大德应化世间利益众生，这其中法王如意宝晋美彭措毫无疑问是最伟大的圣者之一。

ༀ

很多佛经和传承上师的著作中对法王如意宝的弘法利生事业都有明确的授记，说法王是莲师的化身，在末法时代广为弘扬显密教法。法王如意宝的功德与事业，他的无量悲心和广大的利生事业，在海内外是公认的。

ༀ

1980年，法王如意宝在四川色达建立了喇荣五明佛学院。三十多年来，这所位于青藏高原一个偏远山谷，平均海拔四千米以上的佛学院，成为全世界最大的佛学院，培养了大批汉藏僧才，他们广转法轮，使得各地闻思修日益增上，引导无数众生走上解脱之路。

༄

整顿僧团，保持僧团的清净无染，是起源于释迦牟尼佛住世的时代并延续至今的佛门传统。1985年，法王如意宝倡导藏地寺庙进行整顿，纠正违戒行为，清净风气。众多寺庙响应支持，当然也不可避免地引起一些不满和攻击。纷争持续了十年，法王如意宝没有抱怨、批评过任何人，也从未争论、辩解。只有一次，他淡淡地说："以僧团现在的状况，如果继续放任自流，藏地的佛教将前途黯淡，岌岌可危。为了佛法的继续弘扬，即使献出生命我也不会退却，何况只是面对一些无谓的诽谤。"

༄

1984年的冬天，我初次去喇荣沟拜见法王如意宝。当时我家里的经济条件不允许在学院长住，我带了两本大圆满法本向法王求法，准备求到后回家乡闭关六年专心修行，但是大恩上师安排我在学院安顿下来，给我提供了住宿和生活资具。那年的冬天分外寒冷，可是我心里无比温暖。我想，今生能遇到这样的上师，是最大的福报和幸运，只要自己好好修行，在法王的加持下，这一世一定有希望获得解脱。

ༀ

　　法王如意宝的一生是个无尽藏,凡与他结缘的人都得他的好处。他把自己当成一座无所不有的宝库,别人需要什么尽管拿去,取之不竭,用之不尽。

ༀ

　　周围的人、身边那么多弟子,每个人生活上的小事法王都看在眼里、记在心里,然后在似乎不经意间便帮着把问题解决了。

ༀ

　　法王如意宝生活朴素,对衣食住行没有什么要求。他不爱穿鞋穿袜,一年四季常常赤脚走路。弟子供养的衣服,法王往往穿一两次便转送他人。信众供养的钱,他也都拿出来分给学院的出家人。

ༀ

　　弟子因为破戒而离开学院是法王如意宝最不愿意看到的事,每当发生这种情况,他的眼泪就干不了。管家汇报处理的结果,只要说得稍微具体一点,法王就连忙制止:"不要告诉我,不要告诉我!"他实在是不忍心知道更多。

ༀ

　　到法王如意宝面前,无论怎样卑微的人也会觉得自己的可贵,无论怎样失意的人也会觉得脚下原没有绝路。所谓人间庄严，便是这样吧。

ཨ།

很难形容我对法王如意宝到底有多敬畏，每次接到大恩上师的电话，我都会紧张得不知道法王在讲什么，总是过了好几分钟才慢慢听明白。见到上师时也是紧张得不得了，遇上学院有事情要向上师请示的时候，我们几个谁都不敢先进门，经常在外面抓阄决定谁先进去。

ཨ།

法王如意宝曾在课堂上要求我们把自己的誓愿写在纸条上交给他。有人发愿终生闭关修行，有人发愿著书立说弘扬佛法，我当时写的是：尽己所能弘法利生。法王如意宝看过我们的纸条很满意，他笑着说："你们要说到做到，以后就算我走了，我也会时常回过头来看你们是否在履行自己的诺言。"

ཨ།

我们这些人，一方面来说很有福报，见过这么伟大的成就者；另一方面来说，福报不够，因为法王如意宝七十一岁就圆寂了。他离开得太早，这是整个佛教界的重大损失，我们很难再有福报遇到这样伟大的上师。

ཨ།

如果当年不是那么拘谨，也许我能在更多

第二部　修行纲要

世出世间的问题上得到法王如意宝的指点。不过，也没有什么可遗憾的，真诚的恭敬心使我得到了法王如意宝全部的加持，与诸佛无二无别的加持，对一个修行人来说，这就够了。

现在我所做的一切都是为了把大恩上师的光明和温暖传递给更多有情生命。愿一切众生都对法王如意宝生起信心！

金刚舍利

2003年（藏历水羊年），学院的极乐法会有十多万人参加。法会期间藏历九月二十二日那天，法王如意宝说："这也许是我们师徒最后一次相聚，也许是我最后一次给你们传讲佛法"，"这次法会不是最后却是最好的，我年纪那么大了"，"以后还能有机会讲法当然更好，但世事无常"。谁也不曾想到，他老人家在这个时候已经准备好要圆寂了。

在这次极乐法会上，法王如意宝说："讲多了怕大家记不住，就算当时记住过后也很容易忘，所以只讲三点：第一，今后时常祈祷阿弥陀佛，发愿往生极乐世界；第二，做任何事情前，善良的发心很重要；第三，今后不要再杀生，也不要做与杀生有关的生意。"说到第三点时，法王如意宝甚至用祈求的口吻说："请大家一定做到。"

ᠵ

到了藏历十月的时候，法王如意宝示现生病。他说："去不去治病听你们的，让我去我就去，不去就不去，我自己是不想去医院的，但我不想让僧众有任何遗憾。"

ㅋ

法王如意宝在藏历十一月十五日这天示现圆寂。圆寂前七天，他在医院的时候，法王让学院这边把电话放到麦克风旁边，好让大家都能听到。法王如意宝在电话里对学院的僧众说了最后两句话："不动己心，不乱他心。"

ㄢ

法王如意宝圆寂前交待不用特别处理他的法体，连头发、衣服都不能修塔。他说把这些修塔的钱用来供养僧众、放生最有意义，用他的法体修塔没什么意义。

ᠬ

法王如意宝没有说一定不会有他的转世活佛，但他说："自己这一世度化众生的能力实在太小，所以不会在圆寂后很快转世，要先去阿弥陀佛那里，等功德圆满，具备了更大的度化众生的能力以后，再回娑婆世界。"

很多人去佛学院参加了法王如意宝的荼毗典礼，亲眼看到很粗的铁棍都被熔化，法王如意宝的肉团心却没有被烧坏，在火焰过后出现金刚舍利。修行人如果戒律清净，精进修行，成就了罗汉果位或菩萨果位，荼毗时可能会出现舍利，而金刚舍利只有达到佛的果位时才会出现。

佛菩萨游舞人间，示现如凡夫般的生老病死、喜怒哀乐，这一切都大有深意。佛的境界不可思议，我们所感受到的法王如意宝的慈悲和智慧，只是佛陀无尽功德藏的沧海一粟罢了。

思念

我常常在梦中见到法王如意宝，梦见自己在法王座下听法、跟随法王朝圣。每次在梦中相遇，都非常快乐。从短暂的梦中醒来，我越发思念他，时刻思念他。

法王如意宝给了我远胜世间父母的关爱、

最清净圆满的教法传承和最殊胜的修行窍诀。遇到这样与佛无别的上师，并在其座下闻思修行，是我今生最大的福报。没有上师的慷慨和慈悲，我不知道自己还要在迷惘和孤独中流转到什么时候。

ༀ

在法王如意宝圆寂前七天我还拜见了他老人家，当时的情景历历在目，法王慈悲地询问我身体怎么样。世间的一切真的很无常，没想到这是我与大恩上师最后一次相见。

ༀ

年轻时我总以为法王如意宝这样伟大的上师一定会长久住世，我一定还能长长久久地跟随在他身边，有很多机会听上师讲法。即使有朝一日不得不分离，那也会是很久很久以后。

ༀ

记得那年学院新的大经堂奠基时，天空出现一条细长的白云，横跨西东。法王如意宝说："这是善妙的缘起，我去佛陀初转法轮的圣地鹿野苑朝拜时，天空也出现过这种景象，它预示着佛法在世间长驻广弘，传讲佛法的高僧大德长久住世。本来我从小发愿像麦彭仁波切一样活到六十六岁，但从现在的缘起看，我的寿命有可能会更长一些。"听到上师的这些话，我心里激动不已。法王如意宝接着说:"我们师徒有缘在一起讲闻大圆满法,各方面因缘都具足。现在大圆满法的传播如日中天。大家千万要珍惜这段美好的时光,做到戒律清净、勤奋闻思,不要东跑西跑。我在世期间,你们尽量不要离开学院,就在这里好好修法。一来,这有助于你们自己的成就和解脱。二来,也是为了日后大圆满法能更长久地在世间流传。"

依止法王如意宝闻思修行的岁月是我这一生最快乐的时光,这样的时光却再也不会出现了。教我懂得无常的上师们,现在大多与我无常相隔。我是个凡夫,想不起前世的事,但这一世有幸遇到的每一位上师,他们的恩德,我都铭记在心。

虽然法王如意宝已经圆寂,但是他给予众生的利益仍然在增长。喇荣五明佛学院所有的人,上到益西措嘉空行母的化身门措上师,下到我这个普通的出家人,都在努力使更多人与法王如意宝结缘。精进修持佛法,尽自己最大的力量利益众生,是对上师恩德最好的报答。

1994年(藏历木狗年)春,法王如意宝第二次到多康地区弘法。当大恩上师走进我家简陋的牛毛帐篷，为前来拜见的人们赐福、传法时，我幸福得直想哭，害怕眼前的这一切是梦……世事如梦，牛毛帐篷变成了一座白塔，在晴朗的日子、在风雪交加的日子、在无常而悠远的岁月里，提醒着人们曾有一位圣者在这里停留。这座白塔也终将在时间的刀剑下化为粉末，随风飘散，而到那时，我对法王如意宝的思念和感激，众生对法王如意宝的思念和感激，仍会继续。

法王如意宝圆寂前曾经说他将以另一种方式与我们在一起。"即使大海离开了波浪，佛菩萨的悲心刹那也不会离开众生"，法王如意宝的无量悲愿绝不会像色身一样消失，而会时时刻刻加持所有的众生，他的智慧身一刻也不曾离开我们。

藏历十一月十五日，法王如意宝的圆寂纪念日，也是阿弥陀佛的节日。每到这一天，世界各地的寺庙、修行中心、信众们都会以念经、供灯、放生的方式利益众生，怀念法王如意宝。法王如意宝在阿弥陀佛的节日这天示现圆寂与这位伟大圣者的愿力是分不开的，对我们来说，这一天毫无疑问具有特殊的意义。

༄

在阿弥陀佛的节日行持善业,可以和阿弥陀佛结下殊胜因缘,这种因缘能为我们将来的往生遣除很多障碍。在法王如意宝的圆寂日这天祈祷、发愿、放生,不但能清净业障,为往生积累功德,也能以此功德作为对法王如意宝和阿弥陀佛的法供养,与法王如意宝和阿弥陀佛结上殊胜因缘。

༄

不管世事如何变迁,我们这些法王如意宝的弟子,或是对法王如意宝具足信心、将法王如意宝视为上师的佛弟子,都应该认真遵循法王如意宝的教言,精进修行,弘法利生,并发愿往生西方极乐世界,这是最能让法王如意宝欢喜的事。

༄

我希望所有的众生都能对法王如意宝和阿弥陀佛生起不退的信心,在法王如意宝与阿弥陀佛的加持下,最终往生西方极乐世界。只要对法王如意宝具足信心,戒律清净,精进闻思修行,在不远的将来我们一定会与他老人家在极乐世界相见。

༄

法王如意宝与阿弥陀佛无二无别。让我们

一起向大恩上师法王如意宝祈祷,共同发愿往生西方极乐世界,发愿生生世世跟随法王如意宝利益众生。

第三部

六度万行

放 生

众生平等是佛教最根本的教义。人道、天道、阿修罗道、旁生道、饿鬼道、地狱道,对六道轮回中所有的众生怀着平等的慈悲心是学佛的基础。

ཀྱི

高低贵贱,只是人类的分别。在究竟的意义上,众生的本性没有丝毫差别。

ནི

人与人之间平等相待,人对动物却肆意掠夺、伤害,这不是真正的平等心。所有的生命是平等的,动物和人类一样爱惜自己的身体和生命。追求快乐,躲避痛苦,这是生命的本能,任何众生在这一点上是相同的。

ད

最宝贵的是生命,就算以整个南瞻部洲的财富作交换,也没有人愿意失去自己的生命。

众生平等

人道如此,旁生道也如此。冷了找太阳,渴了找水喝,动物对生的希求和对死的恐惧与人类一模一样,只是不会用人类的语言表达而已。

ཀ

用手捂住鼻子看自己能坚持多久,这样死去的痛苦你们能体会到吗?

ཁ

有的人一见到动物立即琢磨它是什么味道,好不好吃,脑子里丝毫也没有想到任何一只动物都是一条活生生的性命,懂得欢喜和悲伤。

ག

这些年我在各地放生,在屠宰场里亲眼见到待宰的牛羊,它们眼睁睁看着同伴被宰杀时,也能够预知自己的命运。它们会流泪,甚至跪下向人祈求,可怜之极。

ང

这些动物从养殖地运送到屠宰地的时候,挤在一起颠簸一路,几天几夜没吃没喝,有的腿断了,有的眼睛瞎了,还没到屠宰场就已经饱受折磨,好像进了地狱。

ཅ

我的眼前常常浮现这些动物大颗滚落的眼泪和流血的伤口。这些卑微的众生,所求不过是活着,并没有威胁伤害到谁,即使运往屠宰场的途中，也不攻击反抗，只是哭。获救了，也还是哭。

ༀ

释迦牟尼佛在因地时曾经以身饲虎，历史上也还有许多高僧大德曾将自己的身体，甚至生命布施给众生。而现在众生因为无明，认为动物比人类低下，有的动物会威胁到人类的安全。如果威胁到安全就应该被杀死，那么人类可以说威胁到了所有动物的安全，这又应该怎么办呢？

ༀ

人间做父母的常常舍不得吃、舍不得穿，好东西都留给孩子。动物也是这样，小牛小羊没了，它们的父母也很痛苦，也会哭。即使是老虎这样看起来很凶猛的动物，不管自己多饿，找到了食物都会先给孩子。

ༀ

牛、羊为人劳作了一辈子，到年老体衰干不动活的时候还要被杀掉，仅仅从道德的角度，也不应该这么对待它们。不顾众生的痛苦，杀死它们为自己过安乐的日子，这是不对的。

ༀ

所有的动物和我们一样有感情，有苦乐的感受。这些可怜的众生，它们什么也不懂，请保护它们的生命，给它们一个自由的生活。

护生放生

学习佛法要先依照佛法观察自己的行为，看自己是否拥有一颗善良的心。善良的人不会一边说着爱一边行着伤害，因为他的仁慈之心平等对待一切众生。

法王如意宝只要看见动物受苦或者被杀害，都会难过得流泪，并尽全力去解救。受大恩上师的熏陶和教导，我们这些弟子无论走到哪里都热心于放生，将自由、安乐与无畏带给被解救的众生，将慈悲、温暖与信心送给参与放生的人。

放生是什么？放生一是对有情的无畏布施，使他们脱离暂时的死亡恐惧与痛苦；二是对有情的法布施，通过行持佛教的放生仪轨使他们种下了解脱的种子；三是培养佛子的菩提心，让自他迅速解脱；四是绍续佛法，使更多的有情不断地与佛法结缘，放生也是善知识长久住世的殊胜缘起。

ཅ

利益众生的方式有很多,但没有其他一种能像放生这样直接从屠刀下解救即将被推向断头台的如母众生。

ཆ

当我们面临被杀害的危险时,如果有人恰好救了我们的性命,这一定是最让我们感激不尽的,其他的帮助都比不上救命之恩。人类这样,其他众生也是这样。

ཇ

提到放生,有的人不屑一顾,这是对其他生命的漠视,是目光短浅、自私、缺乏慈悲心的表现。

ཉ

放生是遣除违缘、积累福报的有效方法,不但利益了被解救的众生,也能增加自己现世的福报,获得健康长寿的善果,还是下一世往生极乐世界的修行捷径和最好的法门之一。

ཏ

众生欢喜佛欢喜,诸善业中最能令诸佛欢喜的就是解救众生的生命,让它们得到安乐。放生也是一切应化世间的高僧大德长久住世之因。

ཐ

能长期坚持放生非常好,能做到的话,希

望你们一个月至少放生两次。放生时有出家人带领念诵仪轨最好，没有的话，居士们也可以一起放生。

ཅ

完整的放生应该以三殊胜摄持，前行要有皈依发心、正行念诵密咒和佛号等，后行回向。实在不具备条件，至少也要念诵密咒和佛号。我们所念的佛号和心咒等，一经众生耳根，就会为他们种下解脱的种子，甚至有些众生在听到此声音后，善根将很快成熟而获得解脱。

ཆ

有些甘露丸可能会来源不清净，如果不清楚其来源，就不喂这种甘露丸，按照放生仪轨念诵或用系解脱加持就可以。接触到系解脱的生命很快就能获得解脱，这也是佛度化众生的一种方便。续部上说，只有一些有大福德、具特殊缘分的众生，才会遇到系解脱这样的法，不是所有的众生都有此福德。

ཇ

放生的同时，要努力培养自己的慈悲心和菩提心。如果在放生现场担心物命等待的时间太长会死亡，可以一边念诵放生仪轨一边开始放生。

ཉ

在放生时如果遇到一些违缘，比如卖方短

斤少两，在放生的地方有人跟过来打捞或捕捉，这些时候不要起嗔恨心，更不要出口伤人。与被放生的众生相比，这些人因为无明而造作恶业，更加可怜，我们应该更多地为他们回向功德。

༄

放生是一切善行中最殊胜的善，要怀着众生平等的心，真正为了减少众生的痛苦去放生，不是做给别人看，也不是为自己求福报。

༄

如理如法地放生也是在行持六度。布施，给予众生无畏施和法布施；持戒，戒杀；忍辱，克服放生中遇到的困难；精进，欢喜踊跃地参加放生；禅定和智慧，以三轮体空进行放生，观想被解救的众生，参加放生的人以及放生的过程本质为空，显现上如梦如幻。再加上放生结束后发心回向功德，大乘佛教的修持无外乎就是这些内容。

༄

尽自己的力量拯救生命，钱多钱少都没关系，有钱的人多放，没钱的根据自己的能力放生，只要发心清净，功德一样。

༄

在哪里放生都是一样地解救众生，没有什么区别。

ཀ

帮助众生不一定需要很多条件，比如帮助众生脱离危险的境地。一定要这样做，因为我们自己以后会遇到同样的情况。

ཁ

即使动物被放生以后活不了很久，还是放了好，因为我们自己也找不到一个长生不死的地方，重要的是先帮助它们远离死亡的怖畏，其他的事再尽量做。

ག

解救有情的生命也需要具备因缘。就像日光遍照世界，却仍然有盲者不得见，佛陀虽然圆满具足十力四无畏，也只能度化有因缘的众生。轮回中的众生无边无际，我们即使富如帝释天，也无法解救所有的生命，尽心尽力了就好。

ང

一味追求数量，弃大舍贵、择小选贱，因而对某些众生远离慈心是不可取的。放生时不要带着有所选择和预备买何品种的心去买物命，遇见什么就买什么。

ཅ

手头宽裕的时候不要浪费，可以多多地放生。把钱过多地用于吃吃喝喝，一顿饭就花几百块、几千块，甚至上万块钱，这实在没什么意义，什么食物到了身体里都一样。用这些钱放生，真正地帮助即将失去生命的众生，这钱花得才有价值。哪怕只用一天的饭钱来放生，都对现世培养自己的慈悲心、菩提心，将来往生有很大的帮助，一分钱也不会白花。

༄

不仅要放生，也要重视动物的生存环境，护生同样重要，这也是放生活动的善后事情。

༄

牛奶、酥油这些畜牧业产品是牧民重要的生活来源，藏地很多牧民把牛羊卖掉后，失去了生活的依靠，过得非常贫困，后悔莫及。我们把从屠宰场买下的牛、羊交给贫困的牧民饲养，他们也都发愿一定好好地照料，这样不但解救了这些动物的性命，也能给贫困人口提供生活来源。

༄

夏天晚上开车注意控制车速，很多飞虫会扑向车灯，车速太快的话它们就算要躲也来不及。

༄

家长要注意培养孩子的爱心，先让他们懂得爱护小动物，慢慢懂得爱护一切生命。从小不尊重生命，长大后也不会有慈悲心，情况恶劣的,别说对动物,对同类也没有同情心。现在很多电子游戏里都是打打杀杀,小孩子经常玩这一类的游戏,会养成把杀戮当儿戏的习气。

三

因果不虚,如果我们的护生、放生行为能使周围的人相续中得到一些改变,对佛法生起即使一丁点的信心,甚至在一生中只放生一条生命,他们的今生来世都一定会得到利益。在行持放生等善业后,一定要为所有的众生回向功德。

普贤放生组

多年以来我一直有一个心愿,希望大家平时无论工作多忙,都能在每个月当中抽出至少一天的时间放生并长期坚持,这样大家可以在培养慈悲心和菩提心的同时,拯救很多众生的生命,也是对佛菩萨最好的供养。

ॐ

2011年5月,我和一些弟子去地藏菩萨的道场九华山朝拜。在这次朝拜中,发起成立了普贤放生组。当时只有北京、上海、青岛三个组,接下来的半年内,陆续增加到五六十个,都是各地的居士们自发成立的。

ཪྩ

成立普贤放生组,我唯一的心愿就是希望能够解救更多众生的生命,参加放生的佛弟子们积累福报资粮、清净业障,实现自利利他。

ཟ

凡夫人行持善法功德,可能会由于嗔心等原因造成功德灭失,但在普贤放生组中有很多成就者参加放生,跟着他们一起行持善业,功德永远不会灭失。

ལ

放生组的负责人行为一定要如理如法,放生款要全部用于解救众生的性命,别说是用于安排放生所需的交通、租车费用,连供养三宝、修佛像、建经堂都不能挪用,取舍因果一定要非常谨慎细微。

ཤ

在普贤放生组里所有的弟子都完全平等,没有什么大弟子、小弟子之分。放生组负责人的责任就是组织、安排放生,绝对不能把世间八法的习气带到放生组,也不能以普贤放生组的名义化缘、动员信众捐款。个别人也许是出于好意,觉得这是号召大家行善,但很多人会因为这个缘起,产生怀疑,想学佛的人可能因此就不再学佛,这是非常严重的后果。

我曾在法王如意宝面前发愿,这辈子不化缘。如果在普贤放生组里有化缘和要求大家捐款的行为,全都是假借我和普贤放生组的名义,肯定与我没有任何关系。

在这个时代,化缘可能很容易让世人对佛法产生误解。1994年,我在法王如意宝面前发愿:为了不给佛法造成负面影响,今生无论怎样困难,就算饿死也不化缘。

在释迦牟尼佛的时代,僧团戒律严格,出家人都过着非常简单的生活。穿的只允许三衣,吃的只允许每日乞讨,日中一食,连释迦牟尼佛自己都每天化缘乞食。佛陀这样规定一是为了节约出家人的时间,以便更好地修行,二是出家人在化缘途中可以与众生结缘,为众生讲经说法。而且,为了断除修行人的执着,避免生起贪心,佛陀还规定出家人不得存储食物,更不能留存其他财物。

以前藏族人看到穿着僧衣的人来,都会高高兴兴把家里最好的东西拿出来供养。后来化缘的越来越多,供养渐渐少了,再往后,大家索性避而不见。汉地的情形也差不多,一方面可能是人们对三宝的信心没那么强,另一方面,化缘太多,确实会伤害佛法。

我对财物没什么执着,不是因为修行有多好,从小的天性吧,就算挨饿也没化过缘。小时候我差不多是最贫穷的学生,不少道友都劝我去化缘,甚至有老喇嘛把马都给我借来了,但我一次也没去过。我的生活贫困也好,宽裕也罢,都没什么关系,只是希望不要给佛法带来任何一点损害。

当年札熙寺迁址重建时,建筑施工因为资金短缺时常中断,即使这样,我也从来没有开许为修庙化缘。老一辈的上师把寺庙托付给我,几代僧众的心愿眼看就可以实现,我心里比谁都迫切地期盼能早日恢复札熙寺。但是,寺庙存在的意义是护持佛法、引导众生,在如今这样的年代,即使为了修庙化缘也有可能引起猜疑甚至诽谤,这对佛法、对众生都不利。

化缘和弟子以清净的发心供养上师三宝是两回事,不要混为一谈。

有多大能力办多少事,不要勉强,也不要操之过急。

在普贤放生组内所有与放生无关的事,都不代表普贤放生组,如果大家看到、听到、收到与放生无关的信息,要知道这一定不是普贤放生组的告知,应仔细观察甄别。

每个放生组内部和放生组之间,普贤放生组与其他学佛、放生的信众之间,一定要团结和合。道友之间不团结,真的没什么意义。

从成立到将来,普贤放生组拯救生命的数量会是几十亿到上千亿,甚至更多,所有参加的人都可以获得这样的功德。

大家学佛的时间可能不一样,但皈依三宝时所发的慈悲心与菩提心不应该有区别。佛弟子在任何时候都不能欺骗佛菩萨,尽自己的能力放生,这也是履行我们在三宝面前许下的诺言。

公 益

慈善

什么是发菩提心？就是发愿自己要成为一切众生安乐的源泉。

ༀ

"佛法在世间，不离世间觉"，学佛要脚踏实地，净化自己的身、口、意，诸恶莫作，众善奉行，不要总想装神弄鬼、上天入地；而且学佛不能双腿一盘只顾自己舒服，还要心怀众生的疾苦，切实为众生服务，上求下化，自利利他。

ༀ

持久的快乐源于内心的平和，不在于名利的积累。真正能让我们远离匮乏、孤独之苦的，不是金钱地位，而是懂得关爱、分享和宽容的心，这才是人生最宝贵的财富。

ༀ

不懂得关爱分担，金钱地位只会强化内心

的傲慢冷漠，不但谈不上帮助他人，反而增加别人的负担，因为财富越多意味着占有更多的资源和社会劳动成果，并有能力消耗更多能源。有条件的话多帮助别人，造福众生，富贵才有意义。

ཨོཾ

心有悲悯，即使一贫如洗也能助人、救命。我们可以贫穷、平凡、"不成功"，不必为此感到窘迫。只要真诚善良，坚持以自己谦卑的方式利益众生，内心就会安乐。

ཨོཾ

锦上添花的事不做也罢，但给贫困中需要帮助的人一点善意友好的表示，或许只是举手之劳却能给对方带来很大的快乐和温暖。

ཨོཾ

我小时候家里也很穷，在熙日森佛学院学习的时候，靠给道友们打水、劈柴维持生活。看到这个孤儿学校的孩子，我希望他们都能有一个好的未来，所以恳求在这里发心的人员继续留下来照顾这些孩子，这不会耽误你们的修行，反而对你们世间和出世间都有很大的利益。事实上，如果你没有生起菩提心，即使到山洞里闭关，也没有在这里帮助这些孤儿的功德大。

ཉ

希望人们安居乐业，免受衣食匮乏之苦；享受平等、关爱，免受歧视、孤独之苦，这种爱心很好，但同时要知道，衣食资具会用尽，内心的感受会变化，很难面面俱到，保证长久的幸福。要尽量教人们取舍因果的道理，因为要实现长远的幸福安乐，只能依靠自身内心和行为的改变。

ཀ

医生是很好的职业，能够帮助他人祛除病苦。如果一位医生不但医术高明，而且是佛教徒，那么他不仅可以治疗患者身体的疾病，还可以治疗他们心里的病苦。

ཁ

做医生的一定要有慈悲心、平等心，无论患者年老年少、贫穷富贵，都要一视同仁，用心治疗、尽心呵护。为人祛除病苦，特别是照顾危重的病人，功德很大，可以积累非常大的福报。释迦牟尼佛住世时，也曾经示现亲自照顾病人。

ག

佛菩萨会以各种形象救度众生，医生、医药都可能是佛菩萨的化现，治疗过程也是佛菩萨的加持。

寂静之道

环境保护

爱护自己赖以生存的自然和社会环境，过简单朴素的生活，少占用资源和社会劳动成果，真诚柔和地待人处世，对他人对社区常怀一份责任感，这些都是报国土恩。

ཨ

倡导佛教的世界观，维持物种的生态平衡，保护环境，净化器、情、续，使娑婆世界显现为清净佛国，是佛教徒的责任。

ཀ

青藏高原的生态环境非常脆弱，生活在高原上的动物对于维护高原的生态平衡起很大的作用。以前藏地有很多鹿、羚羊等野生动物，现在减少了很多，这已经引起了广泛的关注，也开始了保护工作。如果继续破坏生态的话，将来再怎样后悔可能也无法补救，所以希望大家不要伤害高原上的动物。

灾难

地震、海啸、战乱、干旱……听到这些，你的心是不是很痛？频频发生的灾难，使我们更清醒地认识到生命的无常和忧患，也更深刻地领悟到出离心和慈悲心的含义。

༣

要尽己所能地帮助受灾的众生。佛弟子可以为在灾难中丧生和正在遭受伤痛的众生修持善法，放生、供灯、念诵心咒……愿凭借善法的功德和三宝的加持，逝者往生，生者早日脱离苦难，最终也能往生极乐世界。

༤

大慈大悲的观世音菩萨是十方诸佛无量悲心的化现，在遇到灾难时坚守对三宝的信心，至诚念诵观音菩萨心咒，持诵观音菩萨圣号，观音菩萨一定会闻声救度，这是观音菩萨往昔发下的殊胜大愿。

༥

外在的灾难都是由于人心的贪婪和仇恨而引发。减少灾难，实现世界和平，关键要净化人心。

༦

人类在过去的一个世纪，科技的进步可以用突飞猛进来形容，大到对宇宙空间的探索，小到对生物基因的研究都有里程碑式的发现，科技在通讯、交通、医药等等方面的应用无疑为人们提供了更多的便捷和舒适，但是，科技如果应用不当，也可能为人类带来更大的灾难，就好比一把锋利的刀，可以用来切菜，做出美食佳肴，可是在贪婪和仇恨的驱使下，它也可以成为行凶杀人的武器。

༄

在古代，人类的战争以长枪短矛为武器，死伤仅仅限于战场上的士兵，而正是因为高新技术进入军事领域，现代战争的杀伤力、破坏性也无比地增强扩大，对人类社会和环境有巨大的伤害，所以，各国政府、国际组织应当更加坚持以和平谈判的方式解决冲突，避免战争对人类整体和地球造成损害。

僧 团

佛法的弘扬不仅需要寺庙、道场，更需要系统闻思、通达三藏、持戒精严的僧才。一座寺庙，金顶再多、经堂再华丽，如果没有佛法的闻思修行，没有戒律清净的僧团，就不是弘法利生的庄严道场。

看着出家人坐在地上，自己坐在法座上，我有点害怕，感觉自己在造业障。给在家人讲课传法，我觉得以自己出家人的身份和法王如意宝的传承，还可以。尽管在家人里也有菩萨，但我这样的凡夫看不出来。可是给这么多的僧众传法，我确实诚惶诚恐，觉得会有业障，损福报。所以今天不是讲法，就算我们道友一起聊聊天吧。

出家人除了弘扬佛法、利益众生外，没有

和合僧团

别的事。弘扬佛法也是利益众生，我们有责任教化信众弃恶从善，尽自己的能力让更多人知道为什么修法，怎么修法。

ༀ

出家人在信众的眼里代表着正法，出家人行为不如法会对佛法造成很大的负面影响。作为出家人，我们要比一般在家人更严格地要求自己。

ཧཱུྃ

度化众生戒律清净很重要。除非是大成就者，显现上不清净也不会有影响，否则一定要保持清净戒律。戒律不清净，不要坐上师的位置。

ཧྲཱིཿ

出家人应该发愿不再吃肉，否则没办法教化在家人，一定要做到这点。

ཧྲཱིཿ

我去过汉地很多寺庙，那里的出家人全都吃素，很多居士也发愿终生素食，我发自内心地赞叹随喜他们的功德。这里虽然是牧区，而且离县城很远，但我还是希望大家以后能吃素。我知道由于自然条件和生活习惯，在这里不吃肉有些困难，但也不是绝对做不到，糌粑、酥油足够我们生活。

ཞ

出家人最重要的就是闻思修行，既然已经出家了，就应该放下一切好好修行，将来利益众生。衣食这些生活物资够用就可以，这也是法王如意宝的教言。

ད

这个佛学院的出家人不是很多，人多人少都没关系。法王如意宝只凭自己就创建了喇荣五明佛学院，以后你们当中可能也有人靠一己之力就让一个地方的众生获得利益。

ཌྷ

一个寺庙开法会，另一个寺庙的出家人也可以去参加，这样出家人之间能增进团结，居士们看到也会增上对三宝的信心，可以更好地弘法利生。

ན

寺庙之间一定要团结，这是上师们的责任。上师之间互相尊重、团结和合，寺庙里其他的出家人和周围的信众也会和睦，上师之间不和睦将导致信众有分别念，相互诽谤，这给他们种下诽谤出家人的种子。如果对出家人起嗔恨心，很多人一定会下地狱。

བ

寺庙之间团结和合，信众的身语意专注于修

行，就是法供养。

༄

法王如意宝也说过要互相尊重、互相帮助，不要互相说坏话，这会伤害释迦牟尼佛的教法。我真心地祈请寺庙之间团结和合。

༁

教派之间不要诽谤，否则害人害己，自己下地狱，对方也会下地狱。上师如果有这样的分别念，等于把所有的弟子都扔到地狱里去了。

༂

活佛转世是为了利益众生。活佛们如果不利益众生弘扬佛法的话，来这个娑婆世界还有什么意义，在邬金刹土好好待着就行了。

༃

现在是佛法衰微的年代，越是这样的年代，弘扬佛法越是关键啊！

༄

有人觉得自己没什么能力，能力再小，起码可以度化自己的家人，这也是弘法利生。你们出去玩的时候带不带家人无所谓，但参加法会、听法时一定带上他们。

活佛

听到有人称呼我活佛、仁波切,甚至法王时,我很痛心。以前在藏地,只有真正能够利益无量众生的才有资格被称为法王、活佛,绝不是一个普通生命的转世就能被称为法王、活佛。听到有人随随便便就使用法王、活佛的称号,我感到藏地以前非常非常好的传统被破坏了。

ཅ

刚接触汉族居士的时候,很多人说我是黄财神的化身。我听了很惊讶,从来没有哪位大成就者认证我是黄财神化身,再说我从小到大都穷得很,七八岁之前没穿过像样的衣服,后来离家求学也经常要靠上师、道友接济,像我这样怎么会是财神的化身?我百思不得其解,后来想到,也许因为我在喇荣五明佛学院协助法王如意宝管理财务,居士们便"封"我做了黄财神。

ཆ

传统上,西藏认证活佛、化身等有严格的程序,对认定人的资格要求也很苛刻,不是随便什么人简简单单就能认定的。

ཇ

活佛转世是为了更好地利益、引导众生趋

向解脱。西藏认证活佛的传统是为了保证已经证悟的修行者的智慧心能够生生世世地传递下去，并且可以在继承前世的声名和事业的基础上，更加顺利地开展这一世的弘法利生事业。

ༀ

一些人听说我是"活佛"，就对我很热情，还问我会不会飞。我想就算我会飞，你们也不要因为这个而向我顶礼、跪拜，会飞的不止我一个，扎西持林上空很多鸟也都会飞。

ༀ

你们愿意亲近"活佛"我不反对，然而与其抬头仰望"会飞的活佛"，不如低头谦逊、诚实地修行。学佛是学习佛陀的智慧，不要迷信神通而不信智慧。

ༀ

法王如意宝起初只被称为"色达堪布"，后来藏地公认的高僧大德和第十世班禅大师在给法王如意宝写信时称法王为"圣者法王"，法王如意宝认为这些高僧大德这样称呼他可能有甚深的密意，才接受了这样的称号。

ༀ

我不是仁波切，不是法王，不是活佛，除了法王如意宝授予我堪布学位外，其他头衔我都没有。我只是喇荣五明佛学院一个授课堪布，一个普通的出家人,比较"真"的出家人,没有大家所说的那些功德,我的心愿就是让你们得到很多利益。

扎西持林

扎西持林是一个圣地,它所在的山是马头金刚神山,对面是马哈嘎拉神山。一千多年前,格萨尔王的叔叔、马头金刚的化身超统大王和格萨尔王的多位大将军曾经在这里居住。近年,法王如意宝、门措上师和阿秋喇嘛等大成就者都对扎西持林进行过殊胜的加持。

我从来没考虑过扎西持林将来会有多少出家人、有多大的名气,我只是真心希望这是一个修行佛法的清净之地。

来扎西持林的居士都亲眼目睹这里的出家人非常清净,这是达森堪布、聪达喇嘛和丹增尼玛喇嘛的恩德。他们对这些年轻僧人倾注了很多心血,如果来参访的居士世间习气很重的话,会影响他们。

曾经有人建议让扎西持林的出家人学学电

脑，我和达森堪布他们商量，决定暂时不需要。修行人将来能利益众生就可以，其他的不重要。

ཀ

如果戒律清净，哪怕只有十个出家人，这个僧团也有存在的意义；如果戒律不清净，即使有一百个人，也没必要留。除非能证明自己是大成就者，否则我不会开许任何戒律不清净的人留在扎西持林，这是为了护持佛法的清净传承。

ཁ

每次回到扎西持林，看到这里井然有序且不断发展，我都由衷地感激帮助我料理各项事务的聪达、丹增尼玛和达森。没有他们，扎西持林不会是今天的模样。

ག

我相信我身边的很多喇嘛、居士、弟子都是佛菩萨的化身，他们慈悲地示现人间，帮助我完成修行，实现心愿。

ང

这些年我走了很多地方，外面的事情看得越多，越想为家乡尽心做点事。考虑到玉隆一带很多老年人已经无法去佛学院常住，所以我在扎西持林山脚下修建了一所养老院，为附近的老年人提供安心修行的地方。

第三部　六度万行

ཨ

我也是穷人家的孩子，很愿意为贫困人家提供帮助。生活困难、无儿无女的老人，（扎西持林）养老院会为你们提供住房和满足生活所需，但你们一定要好好修行。活着的时候自己修行与死后为你们念经超度相比，自己修对自己的帮助最大。

༃

居士们千里迢迢来到扎西持林，一是为了求法，二是为了修法。如果像旅游一样只是看看风景，来这没意义，对解脱轮回起不到作用。一定要珍惜在扎西持林的时间，认真修行，在圣地修行一天的功德远远超过在一个普通地方修行很长时间。

ད

扎西持林有很多极具加持的三宝所依，来了这里可以多多地转经、磕头，或者好好地闻思。

ཐ

这尊几米高的见解脱四臂观音佛像，和其他一些石刻的文武百尊和佛像，一共一百五十多尊，是一起抵达扎西持林的，当时出现了很多瑞相。

ད

扎西持林的金刚萨埵转经筒，中间最大的

里面装藏了一亿遍百字明，四周小的转经筒里一共有三十二亿金刚萨埵心咒，你们努力转经的话，对于清净业障有着不可思议的加持。

༄

藏历每月的初一、初八、初十、十五、十八、二十一、二十五和三十日这些佛菩萨的节日中，在扎西持林的信众都要守持八关斋戒，能在殊胜的日子、殊胜的地点受持八关斋戒，是往昔守持清净戒律的善果。

༄

你们观察一下自己，平时不得不忙于俗事，真正能在圣地修行的时间在一生中有多少？很多人在忙忙碌碌、昏昏沉沉中度过一年又一年，现在虽然信佛了，但一年当中恐怕只有这么几天能够认真地修行正法，所以千万不要浪费时间。

༄

平时在世间，所说所想几乎都是世间的事，来到了扎西持林，就不要再谈论世间的琐事。

༄

2007年藏历二月初三的凌晨，我做了一个很吉祥的梦。法王如意宝、阿里美珠上师和门措上师一起来到扎西持林。看到这里的讲修事业日益增上，三位上师显得十分欢喜。"这是一个修行的清净地,非常好。如果在马头金刚神山闭关房北面的山上埋藏一个宝瓶,将来会更加殊胜。"他们一面说,一面指出埋藏宝瓶的具体地点,并且说:"安放宝瓶后,这座山就叫扎西雍宫(意思是吉祥福荣岗)。"

ཉ

喇荣五明佛学院的僧众在每年的藏历六月二十六日上山供养护法神,这是自第一世顿珠法王到法王如意宝一直传承下来的。扎西持林的僧众在2007年藏历六月二十六日来到扎西雍宫,缘起很好,以后扎西持林的僧众也都在每年的这一天上山顶供养护法。

ཅ

2011年,扎西持林莲师坛城的修建工地上挖出一尊古老的弥勒佛像,这是非常好的缘起。山下很多村民之前都看到坛城的位置时常出现光,有时还在晚上出现,这应该与这尊佛像有关。我想以此缘起,在未来弥勒佛于南瞻部洲示现成佛时,扎西持林依然还会是佛教兴盛之地。

ཆ

扎西持林道场不断发展,每一处新殿堂的建成却不能请大恩上师亲临开光加持,这一直是我心里深深的遗憾。2011年藏历六月三十日,释迦牟尼佛转法轮月中的释迦佛节日,我在清晨梦见法王如意宝在众多眷属的簇拥围绕下，莅临扎西持林，为仍在建设中的莲师坛城开光。上师显得非常欢喜！我所做的这一切能得到上师的赞许，令他老人家欢喜，我是多么地开心啊！

§

我的大恩上师，在弘法利生的道路上，我需要您的指引和鼓励。上师，我深深地感激您，扎西持林今天的一切都是您赐予的殊胜加持。请您永远不要舍弃我，加持我坚定地为弘扬佛法、利益众生倾尽全力，我的如意宝，我的上师！

附录

一 新年寄语

2006 年

连绵的雀儿山雪峰是我送你的哈达，玉隆拉措的圣水是我给你的甘露，色达佛学院和札熙寺佛学院的僧众是我给你修行的助道友，扎西持林闭关中心是我给你修行的地方，德格草原上的鲜花是我给你的祝福，祝弟子新年快乐！扎西德勒！

2008 年

文殊菩萨让你打开智慧宝藏，观音菩萨让你悲心增上，金刚手菩萨让你充满力量，臧巴拉为你送上福报资粮。祝弟子新的一年修行精进，早证菩提！

2008 年（对世界和平、众生平安的祈愿）

十二生肖吉祥兽，吐宝鼠儿第一员，如意宝珠次第授，先在新年第一天，诸位弟子心安定，且听为师说心愿。

年前为师到乐山，面见佛陀发誓愿：一愿永远不离师，生生世世不退转；二愿往生极乐界，阿弥陀处见法颜；三愿不伤众生心，生生世世守此愿，无论转世于何处，不使众生心恼损。三愿发完心满足，慈孝于佛三誓愿，吾诸弟子心同此，西方净土得相见。

乐山福地巍峨处，此处放生添福缘，"强巴"亦是慈悲意，弥勒道场现庄严，祈愿弥勒多加被，所放诸生得平安。法王曾经做开示，放生功德殊胜行，末法时代诸善事，诸佛唯一欢喜因。

为师乐山放生罢，受邀又至峨嵋山，一入山中心清静，普贤面前发誓愿：一愿永不离上师，生生世世遵师言；二愿往生极乐界，吾师法王在此间；三愿不伤众生心，法王遗言记心间，无论转生于何处，不扰众生身心乱。此乃为师之誓言，日日发愿不间断，众人莫嫌文字简，三世诸佛心滴言。

愚人不识如意宝，诸佛现前生信难。密法之门重师道，莫害众生吾师言，放生乃是最简法，实为众生祈平安，六道轮回人害人，若求解脱"杀"先断。

正月初一新年始，持明法会最当先，十三年前法王授，如今年年不间断，为求众生得安乐，持明始于九五年，吾师开示教诸众，十万持明俱在前，"尔等莫伤众生命，亦莫扰乱众生心，莫说扰乱众生语，莫做扰乱众生行"，真言一出感天地，十方菩萨降天澜，舍利纷纷如雨下，大如鸡蛋小如米，遥想当年五明山，深视袍袖展笑颜，三百圣者十万众，低头只把舍利捡。

法王欢喜赐法益，灌顶"观音九本尊"，并教十万佛子众，诵念自在祈祷文，殊胜法门延慧命，普惠藏地各寺院，如今喇荣持明会，皆修"自在"与"观音"，吾诸弟子应同修，功德巍如须弥山。

常言密法重师道，此乃学佛之命门，诸多古德成就者，仅靠祈祷自上师，成就无上菩提根，舍此无有成就法，舍此不能得悉地，苦不堪言密咒士，若舍上师毁重誓，修行百年空欢喜。

吾今于此新年始，教吾弟子秘密言，愿吾弟子同发愿，与吾同往极乐国：第一大愿不离师，生生世世不毁犯，虚空尽毁天崩裂，吾与吾师不离分；第二大愿往极乐，不违上师之心愿，安乐依止上师边，成就无上菩提心；第三大愿遵师言，不要伤害众生心，任由他人损恼我，吾亦不伤他善根。

是吾弟子发此愿，吾心欢喜不待言，即便初一月光浅，十五便迎皓魄圆，愿吾弟子得平安，释迦之门迎新诞，更祈天下得太平，迎来世界和平年。

2009年（藏历土鼠年岁末，扎西持林）

我常在傍晚时分，顺山间小径转绕。时有虔诚的牧民等在路边献上灿烂笑容和问候，又听见不知何处有转山者在欢快地歌唱。宁静山岭上，圆圆的太阳，白白的月亮，升起落下，日复一日。岁月静好，天地空阔。愿远方弟子皆同此安乐！

雪山空谷	暮更沉寂	犹闻转山者歌声
朗朗月色	寂静玛尼	愈思前贤过往事
普愿众生	同我心愿	能于诸法善思维
希求作为	可怜自缚	生死牢狱无出期
伤人至深	莫若言语	护口如捧滚油行
苦恼生涯	五毒刀箭	以智悲心化花雨
勿扰众生	道心永固	圣者教言 莫违亦莫忘
拳拳我心	愿众欢喜	千里遥寄 吉祥祝福音

希阿荣博
于农历戊子火鼠年除夕

2011年

我们心怀虔诚，合掌匆匆又一年。新的一年里，愿我们因为自己的疾病，而悲悯于众生的疾病；因为自己的苦楚，而悲悯于众生的苦楚。愿我们少生忧恼，常起精进，积植德行，饶益众生。愿一切众生笑颜常在，平安快乐！

2012 年

团圆欢庆的时刻，把众生的安乐和疾苦放在心上。愿所有众生远离孤独、恐惧、伤痛！嗡玛呢呗美吽舍！

我们是一群搭载时间之车的乘客，疾驶在生命的单行线上。无法减速，不能回头。新的一年，改往修来，洗心易行。好好学佛，好好做人。南无本师释迦牟尼佛！

二　给聪达喇嘛的一封信

让我们用一生的时间，
精进闻思佛陀与上师的教言。
让我们用一生的时间，
努力修行，戒定慧增上圆满。
因为有了佛法智慧的光芒，
我们就会像草原上的骏马，
无论在哪里也不会迷失方向。
曾经的誓言你我都不会忘记：
为了佛法的弘扬，
生生世世，我们永远在一起。

聪达喇嘛与希阿荣博堪布年少时同在德格札熙寺学习，这封信是堪布仁波切在三十多年前用铅笔写在一张纸条上留给聪达的。没过多久堪布仁波切便离开札熙寺，前往熙日森佛学院学习，随后又去了喇荣五明佛学院。

布阿荣博堪布亲笔写给聪达喇嘛的信

在堪布到达喇荣后不久，聪达喇嘛也来到喇荣求学，后来他发心做堪布仁波切的侍者，追随上师左右。

1994年，希阿荣博堪布开始在自己的家乡德格玉隆阔地区修建扎西持林道场，聪达喇嘛随之回到扎西持林，和丹增尼玛喇嘛、达森堪布一起负责起扎西持林的建设和日常管理。

三十多年来，聪达喇嘛一直将这张纸条夹在每天念诵的经书里，携带在身边。

"当时我并不知道师父为什么留给我这样一张纸条"，聪达回忆道，"最近几年，我时常看看师父写的这些话，越来越觉得这就是师父在当年对我的授记！"

三　问与答

顶礼文殊师利菩萨摩诃萨！
顶礼大恩根本上师法王如意宝！

问：我们究竟是从佛那里找寻到内心的力量，还是在寻求庇佑，诉求各自的欲望？

答：佛门有教无类，有求必应。众生根器不同，所以佛陀相应地开示不同法门，善巧方便地引导众生走向解脱。众生的愿望诉求各不相同，但都可以在佛法中找到适合自己的方法。

佛陀教法可分为三乘：人天乘，引导众生断恶行善，由此得以在人间天界享受安乐；声缘乘（小乘），引导众生发出离心，断除烦恼，解脱轮回；菩萨乘（大乘），引导众生发菩提心，上求正等正觉，下度一切有情。

大乘以小乘为基础，小乘以人天乘为基础。由于人天乘不包括解脱轮回的教法，所以人天乘只能使众生得到暂时的安乐,而不能彻底摆脱烦恼,结束轮回痛苦。小乘极果为声缘罗汉,他们虽然尽除烦恼障,个体得以解脱轮回,但因为所知障没有完全清除,习气仍在,对法界本性的认识没有达到圆满,所以还不能算完全意义上的涅槃。只有大乘能引导众生获得圆满觉悟,实现真正的自由安乐。佛陀在《妙法莲华经》里讲到小乘罗汉最终将出定修学大乘,如江河汇入海洋。声缘乘、菩萨乘都将究竟成佛,所以佛法在究竟上只有一乘,即佛乘。

不论你现在是求人天福报还是求个人解脱,在暂时的目标、心愿达成之后,你的学佛之旅不会就此停止,你的心行会转变,或漫长,或相对短暂,但最终都将归入成佛的大愿大行。从修持上来说,你会从关注外在,慢慢转向关注内心。修行的层次越高,就越关注心。

问:佛讲放下执着,佛也讲发大愿,请问堪布两者之间是否存在矛盾?

答:佛教说的"执着"是指执幻为实,具体又分为人我执和法我执。"我"是指实有自性。把色、受、想、行、识这五蕴幻妄身认作自己的身心,妄执为我,名人我执。把一切事物、现象、观念、习气认作实有,名法我执。法我执有广义、狭义之分,广义的"法"包括有情、外境、无边、二边、非二边,即把人我包括在内,而狭义的法我不包括人我。人我执产生烦恼障，障碍众生证得暂时解脱，细分不可计数，归纳起来为贪、嗔、痴三毒。狭义的法我执产生所知障，障碍众生证得佛的一切智智，归纳起来为二取、三轮执着和习气。

佛教所说的发大愿，主要指发菩提心，发愿为了一切众生离苦得乐、究竟解脱而证取无上正等觉。圆满觉悟须断除一切执着、习气。认为自己有所证得，是一种极微细的执着。修行者首先要断除的是粗大的执着，现量见到空性后，由一地到十地，微细的执着习气层层清净，十地最末断尽最微细的习气，此时入妙觉证得佛果。

通常情况下，断除执着是一个渐进漫长的过程，不能一开始就说"为救度众生立誓成佛"是一种执着，所以要放下。像有智有得的微细执着，是证悟之后才谈得上断与不断的。初学者面前，有多得数不清的、远比这粗大的烦恼执着需要去断除。不踏踏实实清净自己当前境界中的烦恼执着，却担心更高境界中的微细执着，就像低年级的学生不好好完成自己的功课，却操心高年级的功课一样。

佛教说发大愿，是为救度众生立誓成佛；而断除一切执着，方能证佛果。不努力去放下执着，所谓"发大愿"难免流于空谈。

有一点需要注意的是，随着时代的变迁，词汇的含义会发生改变。比如现在人们日常生活的语境中，"执着"有时候是指坚持不懈、决心坚定地去做一件事，这并不是佛教所说的"执着"。在佛教中，以欢喜心坚持不懈地行持善法，称为"精进"。

问：为什么要消除痛苦呢？我觉得痛苦和快乐一样，都是生活的组成部分，都值得去体验，不经历苦难的人生是不够丰厚的。

答：如果你能在日常生活的不幸和痛苦中自在无碍，似乎的确没有必要消除痛苦。

经历苦难的意义不在于经历本身，而在于它启发我们对生命的思考。佛陀初转法轮首先宣讲苦谛、集谛，正是引导我们去观察生命的苦难、缺憾，了解其表现和成因，从而生起信心和勇气去实践对生命更广、更深层面的探索，实现生命的升华。

问：如何才能往生极乐净土呢？念佛做得到吗？

答：有关往生极乐净土的方法，在《大乘无量寿经》等经典中有详细阐述。简而言之，往生极乐世界需要具备往生四因并断除五无间罪和谤法罪。在往生四因中，明观福田、发清净愿尤为重要，它们涵盖了积资净障和发菩提心。念佛的同时要有坚定的信心和真诚的发愿，这很关键。

问：所谓诸法空相，那极乐世界这些花语妙香、金沙宝树又有什么可向往的呢？

答：众生的根器、因缘不同，所以佛陀因材施教，传授八万四千法门，使不同特质、偏好的众生都能有适合自己的解脱之法。有的众生更容易对讲解空性的法门生起欢喜信心，佛陀便教他们"诸法空相"的道理，从"空"悟入实相；有的众生更容易对净土法门生起欢喜信心，佛陀便教他们念佛求生净土。"空"也好，"净土"也好，都是方便、手段，都是指月的那根手指，你若能顺着手指所指的方向看到月亮，就好了，何必纠结这手指是胖是瘦。

其次，空性不是指断灭，不是要守着一个"空洞洞"。《金刚经》云："以无我无人无众生无寿者修一切善法，即得阿耨多罗三藐三菩提。"你看，佛陀并没有教我们学了一个"空"就抱着这个"空"的概念不放，什么也不做，什么也看不上。"色即是空"，极乐世界是空性的，向往净土之心也是空性的，而"空即是色"，空性不坏显现，空性与极乐世界、求生净土丝毫也不矛盾。

只有圆满无上正等觉的佛陀，才真正跳出了因果的牢笼，自由自在。佛陀虽然不作意世俗因果，但在众生面前又自然不逾越世俗因果的规律。而我们这样的凡夫，完全受因果的支配，更应该谨慎取舍因果，尊重因果的规律。对阿弥陀佛有信心，发愿往生净土，因缘具足就能往生阿弥陀佛的净土。一般人仅仅听闻空性的道理，没有实际的修证，烦恼不会自动清除。如果对佛没有信心，也不发愿往生，自己也没有清净业障、尽除烦恼，那么就只好继续在六道中轮回。因果就是这样,不会错乱。在见解上,我们不怕高卓;在行为上,我们要敬畏因果。

问:若极乐世界如上师所描述那样美好,是否又给了众生另一执念,对极乐世界的执念?

答:以前做家具或房子的时候,要把一个楔子拆下来,方法是用另一个楔子去打它,这叫以楔出楔。手上扎了刺,用另一根刺去挑,就能把它挑出去。同样的,要初学者一下放下所有执着是很难的,所以佛菩萨方便接引,以执着去执着,教我们先用对净土的执着去除对轮回的执着,等真正往生净土之后,花开见佛,至少是现见空性初地菩萨的境界,自然没有了对净土的执着。

我们凡夫这一颗心就没有不执着、不攀缘的时候,不仅会对净土执着,佛陀教授的任何一个法门,我们都可能对之执着。佛陀说"无常",我们便执着于断灭;佛陀说"常",我们便执着于恒常主宰;佛陀说"空",我们便执着于虚无。其实,"无常、苦、无我、不净"也好,"常、乐、我、净"也好,都是为了对治我们的执着。

净土法门甚深微妙,根本不是我们凡夫以分别心随意揣测,能尽知其殊胜之处。无论是初学者还是老修行,无论是普通根器还是上根利智,都可修学净土法门,得真实惠益,所以恒沙世界无量诸佛莫不赞叹阿弥陀佛极乐净土,劝导众生发愿往生。在我们这个世界上，藏地汉地，古往今来，持教大德、大成就者，积极倡导净土法门的，不计其数。像我们每天念诵的《课诵集》里就有近现代藏地著名的大成就者、不舍肉身直接飞往清净刹土的乔美仁波切所作的《极乐愿文》、大圆满祖师、文殊菩萨示现人间的麦彭仁波切所作《极乐愿文》，当代宁玛巴最伟大的上师法王如意宝一再发愿：凡与他结缘的众生都能往生极乐世界。这些无论在见地还是修证上都令我们高山仰止的大成就者们，如此倡导净土法门，难道他们都执念深重、不明白空性为何物吗？七岁就造出《定解宝灯论》的麦彭仁波切，难道还要我们去提醒他不要执着吗？

佛陀悲心恳切，开示此易行难信之净土法门，使凡夫能不经累劫苦行，借佛威力而得出三界、解脱轮回，我们应该珍惜感激。

问：把往生净土称为横出三界，这个"横"字怎么讲？

答：净土宗祖师蕅益大师曾说："出三界火宅，有横竖两途：以自力断惑超生死者，名竖出三界，事难功渐；以佛力接引生西方者，名横超三界，事易功顿。"

横出三界有一个比喻的说法，三界（欲界、色界、无色界）犹如一根竹子，众生犹如竹子里的虫，虫要到竹子外面去，有两个办法：一个是沿着竹子往上爬，爬到竹子顶端就出去了；一个是就地在竹身上咬个洞，也能出去。众生全凭自力求解脱，如竖出三界，需经过漫长、反复的努力，就像虫竖出竹，在爬向竹顶的过程中会一再掉落，往往进一步退十步；而众生借助阿弥陀佛的愿力往生净土，如横出三界，不需往上走，直接从人道解脱轮回，就像虫子咬穿竹身，所用时间相对短很多，且没有堕落的危险。

问：为了和我一样饱受烦恼恶业折磨的如母有情，我为什么不发愿继续在娑婆世界积累资粮护持佛法呢？虽然可能会风险高，但是这却是佛陀教导我们的道理啊。

答：继续在娑婆世界，分两种情况：一种是菩萨智不住三有、悲不入涅槃，出于悲心，乘愿力、神通入轮回救度众生；一种是凡夫循业流转，因业力牵引不得出轮回。如果是自己已解脱了烦恼束缚，有能力跳出轮回，而由于悲心仍然发愿在娑婆世界积累资粮、护持佛法，那是菩萨的愿行，我由衷地赞叹随喜。如果自己还没有解脱烦恼，也不发愿往生，完全是因为业力而流转轮回，自己的烦恼恶业都还没办法清净，又怎么去教别人有效地对治烦恼？学佛不是纯粹的搞学问，就算佛学知识丰富，知道去除烦恼的整套方法，但自己若没有实践、亲证，是很难指导、帮助别人的，就像一个不会游泳的人下河救人，人救不了，自己还需要救援，因为不谙水性，甚至可能把别人往深水里拖。

流转轮回不像一般想象的那样简单有趣。今生为人，来世不一定能继续做人，很可能会堕落到三恶道中。一旦投生恶道，想积累资粮、断恶行善就非常难了。饿鬼道、地狱道不用说，我们现量可见的旁生道中，绝大部分旁生都是以杀生度日的，像海洋中有的大鱼一顿饭要吃掉几吨小鱼，小鱼一顿要吃掉无数的浮游生物。一个个都是杀业累累。即使福报浅薄到只能投生到永远见不到亮光、冰冷漆黑的海洋深处，或者炙热的火山熔浆里，无时无刻不遭受冰火的酷刑，这些旁生仍然只是醉心于彼此争斗杀害，你死我活，心相续中满是贪婪、嗔恨。它们生来如此，别无选择。相比之下，做人实在太幸运了，因为人就算再潦倒、再走投无路，也还是可以选择不杀生、不造恶业，而仍能活命。

　　投生人道也并非像有些佛子以为的那样，轻易就能忆起宿命，在前世修行的基础上继续今生的修行，积累资粮。菩萨尚有隔阴之迷，我们凡夫经过十月住胎的剧烈痛苦，基本都会把前世忘干净。况且投生人道有可能投生到边地、业际颠倒之处，或感得喑哑残缺之身等，总之想再具足十八暇满修学佛法，并不容易。

　　佛陀教我们发愿往生极乐净土，就是因为大多数众生不能在一世之内通过修行尽除烦恼，所以要往生净土，出轮回，得不退转，再接再厉修行，直至圆满佛果。在极乐世界得阿弥陀佛授记的菩萨，都能于须臾间前往无量佛世界，恭敬供养诸佛，迅速积累福慧资粮；都能化身无数百俱胝，以慈悲善巧救度、引导无边无际为烦恼所迫的有情众生。

认为发菩提心就是发愿流转轮回救度众生，可以说是对菩提心的一种误读。佛陀教导我们发菩提心，是为帮助一切众生离苦得乐、究竟解脱，而发愿证得佛果。愿菩提心有三种：国王般的发心、船夫般的发心、牧童般的发心，这三种发心虽有差别，但都发愿圆满觉悟、证得佛果，没有哪一种发心是立志循业流转的。佛经有云："若自有缚，能解他缚，无有是处。"大乘佛子发愿在娑婆世界积累资粮、护持佛法、救度如母有情，这很好，但自己先要努力解脱烦恼，才能给众生切实带来暂时和究竟的利益。

问：什么是善良？不做坏事是不是叫善良，善良是否就一定要做好事呢？

答：简单地说，善良就是没有伤害之心。

问：讲到自律，那我要不要去制止恶的发生呢？一味的自律不是纵容了恶吗？

答：佛教的自律是指为了不制造伤害而自觉地远离身口意的恶劣行为。对神智正常的人来说，言行主要受思想意识控制，所以远离意的恶业，身口业自然就会清净。意的恶业概括为贪、嗔、痴。时刻提醒自己对治贪、嗔、痴，可以有效制止自己身心上恶的发生。

就外境的恶或者说他人的恶行而言，要看具体情况，不能一概而论。在你看来是恶劣的行径，在别人眼里不一定就恶劣。在正常情况下被认为恶劣的言行，在某种特定情境中可能就不恶劣。在一个社会、一个时代、一群人中被认为是恶的，可能在另一个社会、另一个时代、另一群人中就不是恶的了。如果全凭自己的情绪和成见，凡是自己看不顺眼的、与自己的价值观不一致的，就认为是恶，应该予以制止，这是不合理的。自律"律"的正是这种"一切以我为标准"的心态。

其次，为了避免造成伤害而制止他人的恶行，与对治自己的贪嗔痴一点儿也不矛盾。我们不是非要借助贪嗔痴才能去阻止别人造恶。比如我们小时候做坏事会被父母喝止，父母的喝斥是出于爱护而非出于嗔恨之心；法官不必对疑犯满怀仇恨、怒发冲冠，才能公正严明地判案。有些人脾气率直，路见不平便大吼一声出手相助，这种英雄好汉的形象可谓深入人心，但是我们不能因此就简单化地得出结论，说意气用事、敢对人拳脚相加、恶语相向，才是有正义感的表现，而冷静克制一点的，就没良心、没骨气。

自律主要关乎个人修养。越是在文明、法治的社会中，自律与惩恶扬善越不矛盾。

问：因果不虚，善有善报恶有恶报我相信，可真有来世吗？

答：如果相信因果不虚，就该相信有来世。当一期生命结束时，若就此断灭，没有来世，那么未了的因果怎么办？若说因果也随之断灭，岂不是有因无果，又怎能说因果不虚呢？

问：跨越时空的因果对现世有什么意义？如何起到断恶行善的警示？

答：严格说来，因果都是跨越时空的，因与果不可能出现在同一时空点上。时空的间隔有长短远近之分，而这长短远近没有绝对，是因人而异的。超出了某些人接受和认知范围的事物，可能对另一些视野更广阔的人来说，是完全可以理解和接受，并能从中得到启发、借鉴的。比如，只关注眼前的人，你跟他讲历史、讲未来，他会觉得那些与他目前正在做的事没什么关系，考虑那些没多大意义；可是稍有远见的人就会懂得："以史为鉴，可以知兴替"，过去发生的事会告诉我们事物发展兴衰的规律，并预示事态变化的趋势；考虑未来，可使我们以更具持续性的方式去做事，而不至于急功近利，路越走越窄。

所谓"跨越时空的因果"对现世的意义，取决于众生各自的智慧和福报。对一只朝生暮死的昆虫来说，隔夜就是隔世，它很难明白昨日种种与今日种种之间的联系和延续；它不知道它那一天的生命与整个自然界的发展变化、与整个生物进化史都密切关联。但对人来说，明白这一点是很容易的，因为人的福报和视野比虫子大。如果虫子说："没有昨天也没有明天，今天的太阳落山后就再不会升起来。"人类听了，一定会发笑。同样的，若智慧和福报超过一般人，就能知晓过去将来，知道因果在较长时空跨度里的演变过程。

凡夫受因果律支配，却因为不能现量了知因果而常常疏忽、懈怠。菩萨出定时也在现象的缘起法中，由于菩萨以入定智慧之力在出定时能基本现量了知何因感何果，因而菩萨不昧因果，详细取舍因果，精进地行持六度万行。所谓"菩萨畏因，众生畏果"，正是如此。

问：如果有轮回，为什么世界比以前多了那么多人口？多出来的那些是哪里来的？

答：佛教的轮回讲的是六道轮回，众生跟随业力在天道、阿修罗道、人道、旁生道、饿鬼道、地狱道之间生死流转，不是只在人道循环。其他道的众生在耗尽福报或偿尽业报之后，会堕落或上升到人道来；而人在一期生命结束后，也会随善恶果报或升天或堕入三恶道或继续投生人道。

问：违缘是顺其自然还是当断则断？

答：我不知道你所说的"违缘"具体指什么，所以很难笼统作答。同一个人在不同情况下，面对不同的问题、障难，应采取的态度和对策会不一样。不同的人，由于脾气秉性、根器、福报、因缘各异，在同样情况下，面对同样的问题，态度和对策也会不同。世间法、出世间法都是这样。有的障难对某些人来说应该远离，而对另一些人来说则可转为道用。

一件事是修行的违缘还是助缘，我们若没有神通和足够的智慧，真的很难判断。比如罹患疾病、事业家庭发生重大变故，会让一些人愤懑、消沉，对别人苛责，对世俗的欲求更执着，也会让一些人沉静、反思，对生活更旷达，并生起出离心追求解脱。像米拉日巴尊者，他若不是幼年失去父亲，他的财产若没有被掠夺，他若未饱受叔父、姑母的虐待，大概他后来不会走上苦修之路，而佛教历史上也就少了一位伟大的修行者和成就者。在米拉日巴尊者的示现中，苦难的经历是修行有力的助缘。

问：不动己心，何来慈悲之心？不乱他心，何以传播佛教教义，普度众生？

答：内心宁静、坚定，不以物喜、不以己悲，才会生起真正的慈悲。弘扬佛法是为开导群迷，帮助众生减少无明烦恼，随着烦恼的减轻，众生内心会越来越宁静喜乐，所以无论是传播佛法的目的还是结果，都不是让众生心生迷乱。不知"不乱他心，何以传播佛教教义"此话从何说起？

问：佛教徒吃素就是在护生，又何必那样强调放生，是不是太执着于形式了？

答：如理如法放生即是在行持六度：一、布施。解救生命，并在放生过程中按照仪轨念诵经咒及佛菩萨的名号，使被解救的动物相续中得以种下未来解脱的种子，这是无畏布施和法布施。二、戒杀。三、忍辱。克服放生过程中出现的各种困难、障碍。四、精进。以欢喜踊跃的心态持续进行放生活动。五、了知放生的人、被放生的对象及放生过程都是本质为空、显现如梦如幻，这是禅定和智慧。在此六度之外，加上发心和回向，大乘佛教一切修持无出其外。

事相固然不必执着，然而无相非从相外求。初学者很难不执着，既如此，那就执着善业，有道是"已到岸人休恋筏，未会渡者要须船"，善业即是我们的船。

佛陀也说过："以无我无人无众生无寿者修一切善法，即得阿耨多罗三藐三菩提。"心无执着、无所挂碍地去修一切善行，即得圆满菩提。

问：遇到乞丐，想布施又怕被骗，不知该怎么办？

答：面对乞丐，不要急于表达厌恶或不信任。生活若真的优裕没人愿意低三下四出来乞讨。就算被骗被利用罢，至少不会给自他造成妨害。再说人生何处不受骗，又何必要跟一个笑脸相向比你弱势的人较量。其实当我们在伸过来的空手中放下钱物，我们所做的不是布施就是供养，不用担心会有第三种情况。

问：现在有些人利用人们的善心，拐卖儿童进行乞讨，从中获利。布施乞丐岂不是在纵容犯罪？

答：我们做事是好是坏主要看发心，否则能做的事情真不多。理论上说，大家都不吃不喝不消费，就不会有人制造假货伤天害理，但不能为了杜绝恶业自己就不吃穿用度买东西，也不能说是自己的日常消费行为导致纵容了造假犯罪。布施也是这样。我们无法避免生活中一切的不善，但内心清净就能减少伤害。

问：师父，念佛时如何做到心定，静心。心无杂念的境界好难啊！

答：作为初学者，不要等到心完全安静下来再去念佛，那样的话，你很难有机会开始念佛，相反，你应该通过念佛使心安静下来。心里越乱的时候，越要果断地提起佛号、心咒，把散乱、四处攀缘的心收回来。心咒又称为"心的保护者"，持咒或念诵佛号能够让我们的心不外散。通过长期、耐心的训练，我们会慢慢习惯把越来越多的注意力放在持诵的心咒或佛号上，即使在嘈杂、混乱的环境中，内心的专注和宁静也不易受到影响。

念佛的时候发现自己杂念纷飞，是因为此时你的心比平时安静，所以才会察觉到杂念纷飞。这是很好的开端，不用去管杂念，坚持念佛，借以时日会见到成效。

另外，刚开始修行的人，很少能做到一心不乱。

你需要保持觉察，在念头生起时，知道念头生起了；念头纷繁变化时，知道它在变化。不需刻意制止念头生起，也不要刻意挽留。如此保持觉察，自然而然地，就不会那么容易跟随念头乱跑了。久之，心会慢慢安静下来，安住的时间也能越来越长。

初学者往往以为凡事都有窍门，总想找个机巧的法子，其实最大的机巧就是坚持、串习。一件事，做十遍不成功，就做一百遍；一百遍不成功，就做一千遍。反复坚持做下去，熟能生巧。

问：您好师父，我想请教一下藏传佛教有什么不同之处吗？我该怎么修？盼复！

答：藏传佛教、汉传佛教、南传佛教，虽然传播的途径不同，但都是释迦牟尼佛的教法。藏传佛教包括显密两部分，密宗可以说是藏传佛教显著的特点。显密在根器、证悟的方法和所需时间等方面有差异。密宗认为诸法当下即是清净的。

对三宝生起信心，想要修行，这是非常值得赞叹的事情，是你往昔积累的福报因缘成熟的显现。首先你需要皈依佛门，皈依后开始闻思佛法，并做功课，可以念诵《金刚经》、《心经》、《地藏经》这些经文或者持诵佛菩萨的圣号。我曾经写过一篇文章《如何做功课》，在菩提洲网站和《次第花开》这本书里都有。如果有条件，你最好选择一位具德上师，在上师的指导下进行闻思修。

问：因为因缘时时变化，时时消失，所以没有一个恒常不变的我；因为没有一个恒常不变的我，因此每一个当下都是一个缘起，我们或许正可以运用这种缘起，加入一些好的条件，将我们的生命带往一个更好的方向去，这便是修行？

答：可以这么说，修行就是断恶行善，纠正会给我们带来痛苦的身口意行为，积累智慧和福报资粮，走向解脱，并最终成就佛果。生命有四种，由黑暗走向黑暗、由黑暗走向光明、由光明走向黑暗、由光明走向光明。我们获得了这个暇满人身，如果懂得善加利用，就能由光明走向光明。

问：众生平等。可为什么有人不费劲就可以得到自己想要的一切，而有些人却一直活在痛苦之中？

答：众生平等是说众生都有佛性，有同样的潜力实现圆满觉悟，而每个众生当前的状态是自身种种因缘的显现，因缘不同，自然显现不同。有人不费劲可以得到自己想要的一切，有些人一直活在痛苦之中，这是因为每个人的福报不同。然而，你所说的"一直"实际上也只是暂时的显现而已。没有什么是恒常不变的，天人有福报用尽堕入恶趣的时候，地狱里的众生也有果报受尽转生到善道的时候，众生就是这样随着自己的业力在六道轮回中不断地起落，所以我们才要修行，彻底出离轮回。

问：上师您好，为什么信仰佛教的许多人拿很多钱去放生，而很少看到他们拿钱去帮助那些现世的人呢？真的希望大师能组织一次公益活动，帮助那些偏远山区的孩子，还有患病的孩子。我想现世人的疾苦也应是信佛之人所关注的吧？

答：帮助众生的方式有很多种，佛菩萨救护众生的方式是我们无法想象的。寂天菩萨在《入菩萨行论》中说到："路人无怙依，愿为彼引导，并作渡者舟，船筏与桥梁。求岛即成岛，欲灯化为灯，觅床变作床，凡需仆从者，我愿成彼仆。"

佛教徒心怀一切众生的疾苦，对六道众生具有平等的慈悲心。假使你有这样的印象，认为佛教徒只放生动物，不帮助人，可能是由于你对佛教徒的了解还不够多。其实社会上各行各业都有佛教徒在以个人的身份、以个人的名义或团体的名义在积极帮助他人、奉献爱心，建立孤儿学校、养老院、扶贫医院，从事各种公益活动。在灾难到来时，也总有大量佛教徒在前线与后方无私无畏地救援，慷慨地捐赠。他们做这些事的时候，往往都是默默无闻的，很少曝光，更不会刻意去宣扬自己佛教徒的身份。而且，除了物质上的帮助外，很多佛教徒还在精神上给需要的人以帮助，让孤独的感到被关心，让空虚的感到充实，让绝望的重新生起希望，让迷茫的逐渐找到生活的方向。

问：上师，最近通过微博知道我学佛的好友越来越多了，很多都劝我回头是岸，好多的违缘啊！虽然我知道他们都是为了我好，但我真不知道怎么和他们解释佛祖的智慧，我因此写了文章，可是写了之后更多违缘了，我不知道如何才能和他们保持这难得的友谊又可以继续我的修心之路。

答：不要动摇自己修行的决心，也不要扰乱他人的心。继续你自己的闻思修行，让周围的人通过你的身心变化逐渐对佛法生起信心，在自己力所能及的范围内给朋友们讲讲佛法的道理。凡事都有因缘，度化众生也需要观察众生的根基和因缘。作为初学者，最重要的就是自己静下来精进修行。

问：总有做不完的工作、家事，每天还要和孩子斗智斗勇。很想修，总苦于时间不够用。师父啊，我该如何是好？

答：在家人要工作、要照顾家庭，的确没有太多的修行时间，所以更应该珍惜，每天再忙，也要安排一定的时间修行，尽量争取多的时间修行。在日常的工作生活中，我们也可以随时随地修习出离心、菩提心和空性智慧。比如在工作中和同事发生冲突，你可以修忍辱、修慈悲心；如果你的孩子把家里搞得一团糟，你可以修空性，告诉自己眼前的一切都如梦如幻；照顾父母，引导父母学佛，这是报答父母恩德，也能为自己积累福报资粮；戒杀茹素，护生放生，这些不需要占用很多时间，却是非常殊胜的法门。

问：一直没办法对那些给我带来伤害的人释怀，她们把快乐建立在我的痛苦之上。我一直想知道如何才能放下，才能原谅。若是再说到悲悯之心，就更加不知道如何做了。

答：对那些伤害你的人，尽量去理解他们内心的痛苦烦恼，原谅他们对你的伤害，实在不能马上做到，不用着急，慈悲心的训练可以一步步来。先对亲近、喜爱的人修慈悲心，然后将这种慈悲延展到一般人，最后到伤害过自己的人。当你生起菩提心，当你的菩提心日日增上，有一天，你会发现，曾经无法释怀的心结已经烟消云散。

修行不易，难就难在要不断突破自己的局限。

问：上师，若他人回报你的慈悲以冷漠、不关心甚至厌恶，何以我们收获的是安乐？

答：我们不可能除尽大地上的荆棘瓦砾，但是当我们给自己的双足穿上一双舒适的好鞋子，我们的脚下便变得柔软。如果你把自己的快乐系缚在别人对你的态度上，恐怕你永远也得不到安宁。安乐是自心的感受。当我们慈悲待人，在任何情况下，都能坚守住内心的善良，并且不期待对方立即回馈同样的善心时，我们的内心会越来越开阔，越来越坚强，这便是安乐的源泉。

问：有的师兄建议我不要与外道有接触，要避而远之，是为了善护法身慧命，不可以结缘，以免将来这个果成熟了堕入外道，说要成佛以后，任运救度有情。如果佛教徒只想自己得一点法，躲避着外道（若家里父母亲朋是外道躲不过吧），不接触，不去感化影响，不把佛陀最殊胜的教授弘扬，要到成佛后才去救度有情，那佛教的未来不容乐观啊。请师父慈悲开示，对外道应该采取什么态度？应该如何做？

答：在家修行的人不可避免要与社会上各式各样的人打交道，我们不能要求所有人都跟我们有着同样的信仰、价值观和行为方式，我想避免矛盾冲突的一个有效方法，就是从基本人性出发去与人交往、沟通。在宗教、性别、职业、社会地位等等不同的背后，大家都是人，都希望被理解、被关怀，都希求快乐，不想遭受痛苦。先认识到这一点，在此基础上逐渐扩大内心的容量，对众生慢慢地由衷地生起亲切感，愿意去感受他们的快乐、悲伤、孤独，愿意去谅解、去帮助。这在我看来是佛教徒应具备的基本素质。我们应首先学会如何与人相处，再谈如何与外道相处。没有内心的开放和悲悯，我们无法突破自身的局限，也很难切实地利益有情。

一个人不论他的宗教信仰为何，在大乘佛教徒看来，他都具有佛性，有着与诸佛菩萨一样清净无染的本性。我们应该平等恭敬，不轻慢排斥众生。

能与志同道合的人相处，在闻思修上互相帮助，自然是再好不过，但如果不得不跟信仰与己不同的人交往，我们仍然可以做到在尊重其信仰、关怀其需求的同时，坚持自己的信仰和修行。恭敬不等于随学，对人有礼貌不一定就要拜其为师。

至于弘扬佛法的问题，这要看因缘。智慧不够的话，是很难判断因缘的，所以要努力提高自己的智慧。如何提高呢？闻思修。初学者安静下来，好好闻思修行，就是在弘扬佛法。好的修行人，他的寂静调柔，可以感动人心，令人对佛法生起信心。

问：不起疑，我认为不足信。疑了，然后求证，体证了，然后才能信。但是佛家又讲，不起信，不能得证。疑和信的关系，请赐教。

答：关于疑与信的关系，以自然科学为例来说，现代人应该都相信科学，从小就接受科学教育，但在学习科学的过程中，你心里不可避免地会提出很多疑问。有疑问不说明你认为科学不可信，信科学也不代表你对科学所有门类的知识完全通达，没有丝毫不理解之处，或者你对自然界种种现象不再有疑惑。提出疑问并努力寻找到答案，是学习中重要的一环，这一求索的过程会增强你对科学的信仰，而对科学的信仰也会激励你不断去提问、求证和发现。在这里，疑与信不但不构成矛盾，反而是互为促进的，当然，前提条件是你相信科学，如果你根本就排斥科学，认为科学是骗人的把戏,你就不会去学科学,更不会为了获得知识而提出疑问,你可能只会出于成见提出质疑批评,不为澄清问题,只为证明自己的封闭和排斥是对的。

对佛法的信和疑,与此类似。信,首先是一种开放的态度。愿意放下成见,换个角度看问题,才能有新的见识和理解。佛教说,唯信能入。其实不仅信佛如此,学什么都是这样。不揭开杯盖或者杯子是满的,都装不进水去。抱着开放和接受的心态,才能学到东西。

你相信佛陀的教法揭示宇宙、生命的真相,并不等于你立即就能理解并见到这个真相,你需要通过反复的闻思、提问、辨析、验证去启发自性智慧,使之流露显发出来。

自去年年底以来,网友和佛子们通过微博和菩提洲网站信箱提出有关佛法的不少问题,我在这里对其中部分问题作出了简单回答。

文中错漏在所难免,我至诚向诸佛菩萨忏悔罪过!

也望各位读者不吝赐教、指正。

以此微薄功德回向众生,愿众生离苦得乐、究竟解脱!

希阿荣博

完成于藏历铁兔年十二月十五殊胜的阿弥陀佛节日

(公元 2012 年 2 月 7 日)

四　生命这出戏

序　言

　　2012年的农历新年，也是个龙年，很多家庭想要生个属龙的孩子，好像觉得这样有个"龙子龙孙"的寓意应该很吉祥，而人生为何生，为何死，在新年狂欢的假期里，似乎不适宜去提起，或讨论。我们常常习惯了在肤浅而表面的爱里表达对他人的感情，而佛教的修行者恰恰在他们眼里显得那么另类，在新年的第一天，当人们还沉浸在鞭炮的喧闹，家人的聚餐，亲友的往来祝福，和对故乡的眷恋里，慈悲的希阿荣博堪布就通过菩提洲网站刊登了第一篇新年教言，充满了清醒的提问。

　　佛教的修行者随时保持觉察，看护自己的身心活动，反省自己言行背后的动机，珍惜与他人、与其他生命之间的种种缘起，是因为我们知道，生命这出戏，没有重来一次的机会。

> 短暂而无法重来,我们的人生因而要过得有意义。
>
> ——希阿荣博堪布

以我们传统过年的习俗,抽烟、喝酒、吃肉、打牌等各种娱乐活动是不会少的,就算自己原本不喝酒,在聚餐和回家的氛围里,也大都难却其情,而堪布恰恰选择在这样的氛围里开示人生的意义和因果、轮回、戒律的含义,就像选择在饭馆旁边放生,在魔的身边传授佛法一样,没有大智慧,大慈悲,我们不会有机会蒙此教言。这就是我们常常说到的契机,也是我们常常忽略的缘起。而大圆满的修行人对缘起的观察也是超乎我们的认识的。

见过堪布的人,都会真切地感受到他身上不仅散发着喜乐、安详、自在,而且常常在玩笑和幽默间点醒他人的迷惑,不管每天见多少信众,开多长时间的法会,堪布从未让身边的任何一个人感觉到他的疲劳和忽略,相反,每一个见到他,靠近过他,甚至走过他身边的人,都可以感受到他全部的关心,他似乎有着源源不断的正面能量,让接触他的人很难生起分别念,这就是大圆满修行者的示现,更进一步说,他就是大圆满的教法本身!

所以,从新年第一天起,每天一篇文章依次

登出，直到第八篇结语，每一篇宛若人生珍宝，值得反复琢磨，每一篇都带给人们如同皓旷夜空里明月般的清凉，堪布自己则说，这是他献给这个世界众生的八吉祥！这才是他说的：新年礼物！

愿所有读者、听闻者，以此因缘，踏上人生真正的解脱之路。

愿有缘者获得光明、自在、安乐！

菩提洲网站
2012年2月

顶礼本师释迦牟尼佛！
顶礼文殊师利菩萨摩诃萨！
顶礼大恩根本上师法王如意宝！

一

时间飞逝。

我们是一群搭载时间之车的乘客，疾驶在生命的单行线上。无法减速，不能回头。

悲喜，聚散，成败，像路边的花草，一闪而过。

一切的经历和感受，都径自往身后狂奔而去；我们却是径自前行。很奇妙，人们以为自己是与生活同行，而原来只是擦肩而过。

生活是一场没有彩排的现场直播。演成什么样都是自己担当。演好了，皆大欢喜。演坏了，也不可以叫停，不可以重来，换个场景，换副扮相，甚至换一个角色，换一个剧组，接着前面的线索，还得往下演。

可这是怎样的一个舞台呢？不同的剧组，不同的故事，同台献艺，全是直播。彼此影响，相互客串，又各行其是，各自连续，以致无穷。

演员们说话、做事、演绎与其他人物的关系，都需很小心，要演好自己的戏，又不妨碍他人演戏。

佛教的修行者随时保持觉察，看护自己的身心活动，反省自己言行背后的动机，珍惜与他人、与其他生命之间的种种缘起，是因为我们知道，生命这出戏，没有重来一次的机会。

短暂而无法重来，我们的人生因而要过得有意义。

二

这世界上，形形色色的人各种各样的行为背后的动力是什么？为利？为名？为感情？为物质？为精神？

仔细看看这些动机的背后，还有一个根本的共同的动机，那就是为了安乐。

安乐还有许多名字，代表它不同的侧面和程度，比如：快乐、幸福、享受、乐趣、舒适、喜悦、宁静、满足、安全……

安乐主要是内心的感受，它在心里，不在身外，所以内心如果不快乐、不满足，外境再美妙再丰富，也很难感到愉悦、富足；而一颗宁静柔和的心，在贫乏艰难的环境中，也能生出喜悦、自在。

倒不是说物资越贫乏，内心就必定越安乐，物质生活丰富就必定让人痛苦。这其实还是认为安乐与否完全由外在的物质决定，只不过与常人的思维相反，认为物资越少越快乐。

多数人却是走入另一个极端，认为安乐就在于物质的积累、财富的增加，占有、享用的资源越多，就必定越幸福快乐。现代社会的人们毫无顾忌地竞争、攫取物质以及各种资源，忙于追逐名利，他们认为这些东西本身带有快乐的属性，能自然给人带来安全感、幸福感。有些人过分投入地竞争、追逐，以至于忘记了自己的初衷是追求幸福安乐，慢慢地，把手段当成了目的，相信自己活着就是为了与人竞争、囤积名利。如果有一天，没有比较，也无须抢夺了，便觉得生活没有意义。

我们所处的这个时代，一个人的价值往往取决于他创造物质财富的能力。然而，人之为人的价值和意义，远比创造财富宽广、深刻。人活着，除了积累和占有外，还有很多事值得去做。

那么，安乐与物质无关吗？不是的，至少对一般人而言，完全摒弃物质而讲安乐，是不可能的。月称菩萨在《入中论》里讲到，大乘佛教六度波罗蜜首先是布施，其中包括财物布施，原因就是物质基础对安乐来说是重要的，布施无疑能给对方带来安适快乐，同时布施也让自己感到快乐满足，并给自己积累福报。

物质的确能解决不少问题，只是生活中还有许许多多的问题，仅靠物质手段是难以解决的。

人，除了物质生活外，还需要有精神生活，去抒发情绪、陶冶性情，通过精神的修养和升华，获得内心持久的喜悦宁静。

在基本的衣食住行得到保障之后，我们仅再需要一颗受过训练的心，就能得到安乐。

三

既然大家都目标明确，为了安乐，何以还是有很多人成心要受苦一样，眼睁睁直奔一个个痛苦而去呢？

佛陀初转法轮主要讲的就是这个问题。因为人们误把痛苦当成快乐，跟在痛苦后面追，还以为是在追快乐。其次，人们不知道怎样才能真正远离痛苦忧恼，获得安乐，现用的那一套方法适得其反，用制造痛苦的办法去追求快乐，当然不会有结果。

佛教所讲的"苦"不仅包括剧烈粗大、毋庸置疑的痛苦、灾难、伤害，还泛指一切的忧恼、缺憾、局限。如此，人生所有的经历似乎都包含在苦的范畴之内了。

自有生命便有忧患。老病别离、冤家相见、所求不得之苦自不待言，即便是快乐，也没有不最终变成忧恼、惋惜或惆怅的。

轮回中任何的生命形态都不离苦的本质。快乐不是没有，却短暂而趋于表面，就像在一碗汤药里加入一小片包着糖衣的药丸，那微不足道的甜味根本冲淡不了整碗药的苦涩。

我们经历的苦源自于烦恼和业。

这里所说的烦恼主要是指贪婪、嗔恨、嫉妒等会给自他身心带来伤害的情绪。

业是指过去的行为。从长远来说会带来快乐的行为，称为善业；长远来看会带来痛苦的行为，称为恶业。行为的后果不仅要看眼前，更重要是看长远的影响。比如贪婪会让人暂时感到满足，但长期来看，贪婪带来的是永无止境的不满足感和不安全感，内心难得安宁。再比如，修行过程中我们毫无疑问是要吃苦、受委屈的，但这长远来说有助于解脱轮回的痛苦。

想象一下，每天从早到晚，我们会有多少念头，多少身体的行为。由此类推，我们一生以及过往的生生世世，又会有多少身心的行为。这些行为，每一个，真真切切是每一个，都会产生相应的后果。后果又成为因，因再结果。因因果果交织在一起，呈现出不同的生命形态，不同的生活际遇。

业（即行为）的力量有强有弱。强大的业决定一期生命的主要特征，比如投生在轮回六道中的哪一道，寿命长短等等。力量不是那么强大的业，则绘制出生命的各种细节，比如美丑、才艺、贫富、健康、疾病等等。

通常来说，具足四项条件的业力量会比较强大，也就是说一个行为有明确的意图、明确的对象、采取了实质的行动并实现预期的结果。以杀生为例，如果有杀生的意图，有明确的杀害对象，采取了杀的行动并确实杀死了对方，那么这就是一个完整的杀业，需要完整感受杀生的果报。

即使四项条件具足，意图、对象的差异，也会极大地影响业的力量。意图、对象，在佛教中称为发心和对境。同样的行为，发心不同或对境不同，其果报会很不相同。

佛经中讲过这样一个故事：阿难尊者向佛陀供养了一碗粥，佛陀随即拨了半碗粥给过来乞食的狗吃。过后，佛陀问阿难：是你供养佛的功德大，还是我布施狗儿的功德大？阿难尊者说：是您布施狗儿的功德大。佛说：如是如是。

从对境的角度说，佛陀是无上殊胜的对境，供养佛陀的功德远胜布施狗儿的功德，其差距之大不可思议。而从发心的角度看，阿难尊者供养佛陀，发心自然是纯正殊胜的，但与佛陀的清净发心相比，又有不可思议的差距，所以供养佛陀的功德才会不及布施狗儿。

由此可知，凡做事，发心是何等关键。

根据力量的不同，业的果报会在今生、来世或者更晚的时间应现。果报的显现需要因缘具足。业，每一个行为，会在阿赖耶识里留下印记，不会自行消褪，直到所有引生果报的条件齐备，也就是因缘具足了，果报完全显现，业因才会消失。就像一粒种子留在土里，冬天没有动静，春天来了它才破土发芽，在阳光雨露中耐心地成长，长出枝叶，开出花朵，等到结果的时候，结果。有春天结果的，有秋天结果的，不一样。

业又分为共业和个业。共业指一群众生共同的业因果，个业指个体生命各自的业因果。一个时代，一个社会，一群人，往往有着共同的命运，虽然个人具体的生命轨迹会有不同，但很难逃脱大的趋势和框架。每个人都是这个时代、这个社会的负荷者。这份负重感，这股无形的牵引力、推动力、压力，就是共业的表现。时代会变，社会在变，因为业处于动态变化中。

迁徙的鸟，洄游的鱼，高峰时段的城市，都能让人直观地见到业的力量。

个体汇入群体的洪流，不知所以，不由自主，又那样执着，不知疲倦，耗尽生命也在所不惜地向前向前，为到达某个地方，然后，离开那里，原路返回，然后再去，再回，不尽往复。

我们的生命最大的特点，就是它的局限性。每个人都自以为独立，有想法，自由自主，实际上我们的每个念头、一言一行，都被无数条件、无数因素限制、影响、塑造着。无一不是条件的产物。

轮回中的生命，没有真正的自由可言。

四

前文中讲到自有生命便有苦，这个生命指的是处于条件局限中的生命，以忧患为本质，与苦不分离。然而要知道，心的本然状态是超越痛苦的，只因为我们错误的见地、错误的行为让生命显现出种种局限性，才感受到忧苦缺憾。

我们被善业牵引走向暂时和究竟的安乐，恶业则将我们引向痛苦，一再的痛苦。恶业即身口意的错误行为，它们源于对人和事物的错误认识。错误的认识可以纠正过来，因而错误的行为是有可能改变和停止的。既然改变了错误的行为，痛苦就有可能结束，不仅是单个的痛苦，还包括轮回中所有粗大、微细、各式各样的苦。轮回的苦消失了，限制不再，这种状态称为解脱、寂灭或涅槃。

痛苦由恶业而来，恶业由烦恼来。

什么是烦恼？人常说"烦恼众生"，可见轮回众生起心动念、言谈举止无不是烦恼。烦恼中有十个叫作根本烦恼，即贪、嗔、痴、慢、疑、身见、边见、邪见、见取见和戒禁取见。

贪、嗔、痴、慢的意思，大家应该基本了解，这里不多解释。

疑指对佛陀开示的真理心存猜疑。

身见指执着这个身体为"我"。

边见指断见和常见。断见是认为"我"死后归于断灭，人死如灯灭，什么也没有了。常见是认为有一个恒常不变的"我"，有一个不变的灵魂或主宰。

邪见指拨无因果。

见取见指坚持认为身见、边见、邪见这几种"见"是绝对正确，不容怀疑的。

戒禁取见指外道认为违反事物的客观规律，不当做的偏去做，凡事都反着来，这样才能获得解脱。比如认为杀生、自杀、不停地洗澡、极端的苦行等等可以证得涅槃解脱。

无量无边的烦恼由无明而来。

无明指对人和事物错误的认识。就人而言，认为有一个独立、固有存在的"我"，继而对这个"我"生起执着，然后对"我的"生起执着。就事物而言，认为有独立、绝对、不依认识而客观存在的事物。

这样的见地之所以错误，是因为它与人和事物的真实状态相反。无明不是单纯的无知，不知道，无明是指错误的认知。

比如一个苹果，它若在你看不到的地方，你对它的存在是无知的；它若就在你眼前，你看见了，却以为是一个橘子，则是错误的认知。

我们对世界的认识正是这样。并没有一个真实的世界在别处，真实就在眼前，只是我们的认识出了问题。"佛法在世间，不离世间觉"，我们的见闻觉知造成假象，当体转过来，就是实相。离此另向他处求实相，犹如离波求水。

"认识"不仅是智力层面的理解，懂得道理而已，还要把这道理拿到身心上实实在在去验证，真正见到，才算数。

"你见与不见，我都在那里。"见到了，才知道一直在那里，从未离开；没见到，自是咫尺天涯，相逢不相识。

佛教中讲"无我"，这个"我"是指独立、固有、恒常的存在，可以是人，也可以是物、事件、现象。"无我"是说人、物等等没有独立、固有、恒常的存在，因为任何现象都是缘起的，随条件的聚合、变化而生成、变化、坏失。

我们都有一个根深蒂固的"我"的观念。什么是我？你会说这个身体是我。身体由地、火、水、风这

"四大"组成。地指肌肉、骨骼、器官、毛发等；火指热量；水指水分、血液、体液等；风指呼吸、气脉等。这其中包括有形的，也包括无形的。单个来看，我们很难说肌肉、骨骼、器官或热量、体液、呼吸是"我"。当切除器官、截肢，或者吐唾沫、理发、呼吸时，我们不会认为自己被切除了，或者被吐到了地上，被呼出去又吸进来。没人会这么想。当然，思想、意识也不是"我"，因为思想意识只是一个个念头，前念已灭，后念未生，我在哪里？

可见，"我"不存在于各别的四大和念头中，也不存在于四大和念头之外，而是指身心的组合体。既然是组合体，就是相对、依赖其组成部分而存在，没有独立、固有的自体。因为由不同部分组成，各部分又都是变化运动的，所以整体形成的同时自然处于解构的状态，不具恒常性。

四大和合而成的这个"我"只是一个概念，并没有任何独立自在之物可指认为"我"。然而，人们的常识与之相反，坚信有实存的"我"，并由此生出对"我的"的执着，认为这是我的手、我的头发、我的财产等等，想方设法地呵护保全。

事物也是一样，没有独立、固有的自体。比如一个苹果，它当体可析分为果皮、果肉、果核、果仁，这些又可各个析分，无限析分下去，苹果消失了，果肉果仁消失了，微粒微尘也消失了。把世界放到显微镜下，随着显微倍数的增加，整体纷纷消失，宏观化成微观，微观到最后，了不可得。

这个苹果不是生来就这样摆在我们面前的。它最初是一粒种子，种在土里，遇到适当的条件，土壤、温度、阳光、雨水等等都具足了，在适当的时机，它发芽，慢慢长成小树，开花结果，然后由工人摘下来，由司机运到城市，由商贩卖，我们买回来，洗干净，放到桌上，才有了面前这个苹果。而最初的那粒种子也是由另一个苹果那里来，那个苹果也经历了一番奇妙的由种子到果实的旅行。如此不断往前推，即使是一个小小的苹果，来历也可无穷追溯，或远或近地与整个宇宙相关。缺失其中任何一个条件，都不会有此刻面前这个苹果。

世间万物万象，皆相依相待而存在。任何一法，都或远或近地以一切法为缘而生住；一切法，也或远或近地以任何一法为其生住之缘。

佛经云："此有故彼有，此无故彼无，此生故彼生，此灭故彼灭。"诸法互为缘起，这是佛教一个最基本的原理。

五

我们不仅误解了事物存在的方式，认为它们是独立、固有存在着，而且还一厢情愿地赋予它们种种特征和定义。

我们说天空是蓝色的，实际并非如此。科学研究发现，太阳光由红橙黄绿青蓝紫七种颜色组成，它们的波长各不相同。波长最短的蓝紫光最容易被空气中的微粒散射，天空中便布满了被散射的蓝紫光，而人眼对紫光不如对蓝光敏感，因此我们看到的天空是蓝色的，但这只是我们觉知的天空，并非天空的原貌。再说天空仅是个概念，找不到一个实在的"天空"，它是虚空经光线、微尘、人的感官·意识等共同作用，得出的一个印象。

同样的水，如果盛在杯子里，我们认为它可饮用；如果是在澡盆里，就认为它是用来洗澡洗衣服的，不会想到要去喝它；如果是在马桶里，哪怕是一只很干净的马桶，你也不会想用那水来解渴或洗澡。在这里，水的用途和属性完全是我们的心理和感受的投射。

两个人在一旁窃窃私语。

你怀疑他们在说你的坏话。这两个人不仅立刻成为你的敌人，而且你认为他们从来就人格低下、肥胖臃肿、丑陋不堪。

两分钟后你经过他们身旁，发现他们谈的完全是与你不相关的另一件事。几乎就在瞬间，他们变得不那么难看了，人格也急剧提升。

后来他们走过来,与你亲切交谈,对你的学识和才华由衷赞叹。可以肯定的是,他们现在变成了两个可爱的人,诚实,谦虚,有品味,而且长得富态大方、透着喜气。

再来说说关于杯子的定义。如果说能用来盛水的容器是杯子,那么澡盆和马桶也能盛水,为何不算杯子?要说小点的才算杯子,碗小也能盛水,但那不是杯子呀。要说杯子是玻璃的,鱼缸也是玻璃的,可那也不是杯子。杯子也有瓷的、不锈钢的、塑料的,有大有小。杯子可以盛水,也可以盛牛奶和沙子,还可以用来打人。但是,能装牛奶、沙子,能当武器打人的都是杯子吗?当然不是。

以此为例,对其他事物也都可以这样试着去寻找其决定性的特征,我们会发现,事实上根本无法绝对地界定事物。

《楞严经》、《俱舍论》等诸多经论,对认识都有详尽、深刻的阐述。其内容极其深奥,非轻易能理解、领悟。我想借用大家比较熟悉的现代心理学的一些原理、词汇,作一个最初级、最简单的引述。如果有兴趣的话,可以参阅相关佛教经论中对认识真正全面、精确的阐述。

人的认识过程首先是感觉,对事物的个别接触;然后是知觉,根据感觉所了知的个别情况,得出一个整体印象。在知觉的基础上，再进行深一步的认识，不仅得到事物的表象，而且了解到事物的规律，从而掌握事物的作用。

眼耳鼻舌身这些感官与神经相连。外境刺激由传入神经传到中枢神经，中枢神经对传递来的信息进行加工，之后由传出神经传递出应作的反应，又立即传入，再加工又传出，如此循环往复，反馈更新。

传入中枢神经的信息经过加工，外境不是被原样不变地反映出来。我们所看到、所听到的，都是经过中枢神经加工后的东西，不完全是外界境象的原状。

认识的过程也是眼耳鼻舌身与意识持续互动的过程。思维需要借助概念，根据概念组织判断和推理活动。概念、判断、推理是思维的三种形式。

概念的成立是经过取舍的。也就是说，经过中枢神经加工后的东西，还要经过二次加工，经过抽象加以概括，把不需要的部分舍去，需要的部分集中起来。比如"灯"这个概念。有各式各样的灯，五花八门。若根据不同点，则无法概括，成立不了灯的概念。只有把不共同的舍掉，取共性，才能成立概念。

概念是我们思想的符号，并非事物本身。问题是，天长日久的，我们逐渐忘记了它是符号，以为概念就是事物本身甚至是全部。

认识，即眼耳鼻舌身意的作用，是对世界进行加工,那么在人的认识之外,是否有一个独立的、客观存在的世界呢?

现代社会的人都知道分子、原子,知道看似坚实的物体实际是一堆分子、原子、乃至更微小的各种粒子在那儿运动,我们却能把一堆堆相互独立、彼此间有缝隙、间隔的微粒,看成铁板一块、坚实存在的物体。

如果物理世界是由基本粒子构成的,那么同样的基本粒子为什么会构成五花八门、形态不同的物质?原子的不同特性从何而来?

"色"包括有形的物质和无形的波、场等,色分析到最后是虚空。正如我们能把一堆零散的微粒看成坚实的物体,在同样的分别念的作用下,我们也能从无中妄见各式各样的显现。就像眼睛疲劳时,能无由地在虚空中看见花纹。

这空花不是独立存在的,它依妄心而显现。所谓缘起,在更深刻的层面上,是指万法以妄心而起现。

妄心生起必然同时有见分和相分。见分指了别、能认识,相分指相状、所认识。相分包括:一、人们通常认为的客观存在的世界,这个"客观世界"实际是无始以来反复薰习而成的坚固妄想。有共业的众生会有共同的妄想。二、在此坚固妄想之上,由个业造就的眼耳鼻舌身意对之进行加工,得出个业的境象。

由此可知,一方面并没有离开"能认识"而独立客观存在的"所认识",另一方面,也没有离开"所认识"

而单独存在的"能认识"。能与所是一体的,互为缘起,并不像人们以为的那样是截然分开的两回事。

六

《中论》颂云:"因缘所生法,我说即是空,亦为是假名,亦即中道义。"

事物依因缘而生住,其概念、定义、各种特性,只是我们的虚妄分别,因此不必等到事物消亡了,才说明它原本是空的,事物成住的时候就是空。

佛说"空",并不是说一切断灭,并不否定世间万象多姿多彩。譬如水中月影,我们的确能看见月亮,而水中的确没有月亮。水月的显现和水月的空互不排斥。

万花筒里的图案若实实在在、一开始就在那儿,则只能有一幅图案,不会有层出不穷的新花样。同理,一切事物若固有、恒常,那么任何变化都不可能发生,一切就是僵死的。正因为事物不是那样,才有了大千世界千姿百态。

空性是事物的根本性质,事物是空性的表达。

没有不是空性的事物,也没有离开事物而独立存在的空性,正如没有离开水而独立存在的"湿",没有离开糖而独立存在的"甜"。

进一步说,不仅事物的究竟本质是空,事物显现的当体即是空，如梦中的山水人物。

感受、思想、意识也是这样，本质为空，没有独立恒常的自体，随因缘而有千变万化的显现，虽有显现，当体即空。

空性的见解有力地帮助我们削弱实执，从而减少烦恼，同时也让我们对因果律有了更深的了解。可以说，对空性的了解越深，对因果的信心就越大，取舍因果就越谨慎。《大般若经》云："若了知一切法如空性，乃畏业及业相成熟之见，方是正法也。"

没有既定不变的命运，没有恒常存在的状态，当下身心活动的每一个取舍，都是因是缘，都参与塑造着自与他、现在未来、今生来世。没有理由不如临深渊，如履薄冰。

我们的概念、判断、推理乃至感觉、知觉都在很大程度上受到情绪和成见的影响，像贪婪、嗔恨、傲慢这样的负面情绪，不仅伤害身心，而且使我们的认识远远地偏离事物的真相。

止息了烦恼，才能清除认识上的粗大障碍，所以仅仅靠阅读或听闻，很难真正了解、体验空性，一定要有实际的修行，切实对治烦恼，见地才能日益清晰稳固。

佛在《圆觉经》中说："末世众生希望成道，无令求悟，唯益多闻增长我见。但当精进降伏烦恼，起大勇猛,未得令得,未断令断。贪嗔爱慢,谄曲嫉妒,对境不生。彼我恩爱,一切寂灭。"

现在很多人学佛,只想"开悟",不想断烦恼;或者未证谓证,一身烦恼,而作出高深自在的样子,好像没有烦恼。

佛陀早就提出了告诫,末法时期的人,福报智慧浅薄,不要一味追求所谓的"开悟",那样只是增加了知识和傲慢,对自我的执着反倒更强烈了。应该精进地降伏贪嗔痴慢等烦恼,相续调柔了,修行才能有所进益,才能树立坚定的正确的见地。

善知识指点提携,也只是帮助廓清我们错误的知见,修行还是要靠自己亲历亲为,烦恼还是要靠自己去降伏。自心烦恼不伏,妄念颠倒,"善知识虽有教授,救不可得"。

开发智慧,首先需要定,一步一步清除掉内心的干扰、杂念。没有定作为基础,一颗心恒时处于散乱攀缘当中,即便生起一点点智慧,也是力量极其微弱,犹如风中之烛,无法驱除愚痴黑暗。

定分为止和观。止,偏向于不起分别,专注一境;观,是通过逻辑思维和形象思维,以分别止分别。止观相辅相成,不可偏废。如果单修止,不修观,容易堕入无想定,空心静坐,一坐千年也还是在痴心里打转。

得定需要心理条件和生理条件,身心都要宁静、专注、敏锐,不紧不松,恰到好处。做到这样是需要持戒的。持戒,即通过持续、清醒的觉察规范自己的言行。如果连身体也管不住,如何去调伏比身体更难以捉摸的心呢?管不住心的话,定就无从谈起。所以,定的基础是戒。

戒并非像有些人认为的是佛陀根据自己的好恶,硬性制定的律法,没多少理由地规定必须这样、不准那样。佛教戒律完全不是如此。当年佛陀通过智慧和神通看到有些行为会造成恶性后果,使人远离安乐并障碍解脱。出于悲心,佛陀为大家开示了行为取舍的道理。这就是戒律的由来。制定戒律是为了帮助众生断除烦恼、灭诸过失。

受戒是自愿宣誓,表示自己决心要做什么、不做什么,没有人强迫和命令你必须这样那样。一旦你自己发下了誓言,就该恪守之。没做到的话要忏悔,并不是因为不忏悔你就会触犯某个主宰者的权威而受其惩罚,而是因为不当行为会带来恶性后果,伤害到你自己,所以要通过忏悔,通过心的改变去改变缘起,并最终改变结果。

众生持守戒律的能力有强有弱,佛陀因而制定了不同的戒律,使众生得以根据自己的具体情况和能力,有选择地受持,可以受一条、受多条,也可以受一天、受一生。

戒、定、慧在佛教中称为三无漏学,由戒生定,由定生慧，依此而断烦恼，出生死。理论上说，戒、定、慧有个先后顺序，这是便于解释其内在关系，而实践中并没有截然分开的三个阶段，先戒，再定，再慧。

在较深刻的层面上，戒定慧一体无二。清净持戒，便是定，便是慧。定，便在戒中，在慧中。无漏智慧显发出来，便无时无地不在戒、定。

认为随心所欲、根本不需要约束自己、不用放弃任何享受和俗世的追求，就能领受佛陀教法的真谛，这是对佛法修行莫大的误解。然而这种误解现在很流行。

初学者尤其应该牢记，持戒是一切修行的根本。《华严经》云："戒为无上菩提本，应当具足持净戒。"

七

大乘佛子须守持菩萨戒，菩萨戒总分为三类：一、摄律仪戒，即诸恶莫作；二、摄善法戒，即众善奉行；三、摄众生戒，又称饶益有情戒。发四无量心，以布施、爱语、利行、同事之行，引导众生趣向解脱，不舍弃六道轮回任何一个有情。

大乘戒律以小乘戒为基础，小乘戒律总为别解脱戒，其核心可概括为不伤害，或说不侵犯，这实在是所有佛教徒都该努力去做到的。发心为一切众生离苦得乐、究竟成佛而上求菩提、圆满觉悟，是大乘的发心。以此发心摄持身口意的，可称为大乘佛教徒。若不能停止伤害，何谈慈悲利益众生？自己尚不能解脱烦恼，何谈度化众生离苦得乐？

莫以为大乘佛子就不需要求解脱。

菩萨是智不住轮回，悲不入涅槃。他们有能力出轮回，却因为慈悲而不离轮回，继续在轮回里度化众生。他们入轮回，是因为慈悲愿力，来去自在，游舞世间。这完全不同于凡夫因业力牵引，身不由己在六道中轮转。

认为发菩提心就是发愿流转轮回帮助众生，这是对菩提心的误读。

愿菩提心有三种：你可以发愿自己先觉悟，之后再引导众生离苦得乐，这称为国王般的发心，像是一位从宝洲归来的国王，领着他的子民去那珍宝所成的乐土；

也可以发愿与其他众生一起到达究竟解脱的彼岸，这称为船夫般的发心，像是一位船夫，与他渡船上的乘客一起登岸；

或者发愿除非所有众生都解脱，否则誓不成觉，这称为牧童般的发心，像是一位尽职尽责的牧童，暮色降临之时，把看护的牛羊全部带回圈里安顿好之后，他才回家。

以上三种发心，无论哪一种都包括了发愿自己要圆满觉悟，不是只求自己成佛，而是为了所有众生都成佛。

破除了对"人我"的执着，以及大部分对"人我"之外的事物、现象的执着，就能解脱轮回的束缚。进一步把所有微细的执着都无遗破除，就是圆满觉悟，即成就佛果。可见发愿证得菩提、圆满佛果，自然包含了发愿解脱轮回。如果说我们现在所处被烦恼束缚不得自由的状态，是在一楼，解脱轮回是在二楼，圆满觉悟成就佛果是在三楼，那么从一楼到三楼，不论你在二楼停不停，都会经过二楼。

有些佛子发愿要在轮回中救度众生，这很好，但前提是你自己要有能力解脱烦恼，"如佛所说，若自有缚，能解彼缚，无有是处"。

守持小乘别解脱戒，正如戒名所指示的，不犯则能解脱。

别解脱戒条目繁多，各人可根据自己的情况选择受持。总的来说，别解脱戒可帮助我们远离恶业，端正言行，少欲知足，并训练敏锐的觉察力，培养耐心和忍辱的精神。即使被攻击、被侵扰，也不失不忘"不伤害"的誓愿。

修行意味着改变态度，对自己、对其他众生、对世界、对生活的态度。

不用操心外在，真正的改变在内心。

修行是一个渐进、漫长的过程。你不能期望一蹴而就。多么重大的变化，也都是从当下、小小的改变开始的。学佛要有耐心，尤其是初学者，不要把期望值定得太高，那样很容易失望，退失道心；也不要急于求成，那样会很危险，而且难有实质的效果。

不管是不是能够理解深奥的佛法，此时此刻，要做一个好人。善良，正直，有同情心，愿意帮助其他众生。

八

佛陀教导我们：如果有条件，就去帮助众生；如果没有条件，至少不要造成伤害。

懂得缘起的道理，有助于淡化分别念，淡化人我的界线、区别。我们认识到万物相互依存，息息相通。众生的欢笑、痛苦原本是相通的，互为缘起。

这份领悟，是悲心的基础。

如前所述，缘起直指空性。对空性的认识，佛教中称为智慧。

在这里，我们看到悲与智的统一。

真正的慈悲是平等的，针对所有众生，每一个众生。这要求我们先修好忍辱。忍辱，简单地说，就是在困境、窘迫之境、危险之境，仍然保持内心的开放与柔和，对其他众生怀着善意。

如果忍辱波罗蜜深入内心，我们便会开始把敌人、伤害我们、侵扰我们的人，看作给我们巨大帮助的朋友。敌人为我们创造了修习忍辱和慈悲的最好机会。

寂天菩萨曾说：没有磨难，你就无法修忍辱；不修忍辱，你的慈悲心就没有坚实的基础，所以受人欺侮、伤害、干扰时，应视其为训练慈悲心的可贵助缘。

他还说：敌人是修忍辱的因，忍辱是敌人造成的果。在这样的因果关系中，若此由彼而生，则彼为此助缘，非违缘。

牢记并反复思维寂天菩萨的教言，能增强我们忍辱的能力和决心，进而深化慈悲心。由此可见，真正的慈悲心建立在理性基础上，而非基于贪爱。

训练慈悲心首先要认识自己与他人、与其他众生的相同相通之处，体会自他在生命基本层面上的平等，和在生存生活基本追求上的共同点。

所有众生都希求快乐，不希望遭受痛苦。无论男女老幼、贫富贵贱，无论哪一道众生，在这一点上都是平等、相同的。

有了比较稳固的自他平等的观念后，可以逐渐训练自他相换，由以自我为中心，转向以他人为中心。这个变化实现起来很难，但不是不可能。佛陀不会教我们去做根本无法实现的事。有那么多前辈、那么多同期的道友都做到了，所以我们无论如何不要灰心。

设想一下，把自己的苦乐和无量众生的苦乐分别放在天平的两端，你会意识到这两边的差距有多大，在众生的苦与乐面前，自己个人的痛苦和快乐显得那样渺小。如果自己的快乐能与众生的痛苦交换，那岂不是很划算的一件事！

观想自他相换的时候，根据情况、愿望和能力的不同，可以观想自己代受所有众生的苦，把快乐给所有众生；也可以观想代受个别众生的苦，把快乐给对方。

通常，只有与我们类似的人，我们才比较容易与之沟通，但修行恰恰就是要突破局限，作为修行者，我们需要把关怀和尊重扩展到更广阔的对象身上。

只忙于满足自己这样那样的需求，是会让人疲倦、不安的，因为人的需求层出不穷，永远没有彻底满足的时候，心里很难有安定；而慈悲，对其他众生的关怀，哪怕只是一点点，也能让内心喜乐和满足。

示他人以善意、关怀和尊重，尽管不是每次都能得到同等的回报，我们会遇到一些脾气比较坏、比较冷漠、比较固执、不善于表达的人，但没关系，总的说来，我们的幸福感和满足感会增长很多，得到的关怀和尊重毫无疑问也会更多。

对其他众生的真诚关怀，能有力地帮助我们远离恶业。举例来说,当我们的动机是不想让众生遭受被杀的痛苦,我们就会坚决地远离杀业,因为即使之后通过忏悔可以清净业障,众生遭受的痛苦却不可能勾销。同样地,盗窃、淫乱、恶语、诳语等恶业可以忏悔,而它们曾经制造的痛苦却没有机会勾销。

远离恶业是真正安乐的开始,所以关怀众生是安乐之始。

对其他众生的关怀,让我们的胸怀广阔,能以更现实的态度对待生活,不再任凭自己沉浸在对困难和问题无意义的想象中。

很多时候,麻烦、担忧、焦虑的产生,是因为我们的心太小,只装得下自己。哪怕只是一个小问题,在闭塞、狭隘的心胸和眼界的"加持"下,也会变成无法承受的大困境。

每当我感到忧虑、压力的时候,普贤菩萨高尚的誓言总能给我帮助。他说:"乃至虚空世界尽,众生及业烦恼尽,如是一切无尽时,我愿究竟恒无尽。"

想到自己的誓愿,想到生活的目标,眼前便开朗了。怎样大的困境都是可以跨过去的。

慈悲是安乐之源,也是智慧所在。
它让短暂而无法重来的人生有了意义。

佛法浩如烟海，我以浅陋知见管窥蠡测，必定多诸谬误曲解。在此，至诚向诸佛菩萨忏悔罪过，祈求诸佛菩萨的宽宥、加持。

文章主要是对近来一些道友提出的问题给予了解答。由于本人的局限，其中不尽之处、不是之处，还请各位师友包涵、指正。

如果说此中尚有些许功德，我愿将此功德回向一切众生，愿众生离苦得乐、圆满菩提！愿世界远离灾难、争战，人民幸福安康！

愿这八篇小文，如一组小小的八吉祥，给庆祝农历新年的道友们带去新春的问候，并激发大家探索佛法无尽宝藏的兴趣。

希阿荣博

完成于藏历铁兔年十一月二十八日

（公元 2012 年 1 月 21 日）

图书在版编目（CIP）数据

寂静之道 / 希阿荣博堪布著 . —北京：
世界图书出版公司北京公司，2012.3（2016.10 重印）
ISBN 978-7-5100-4422-9

Ⅰ . ①寂… Ⅱ . ①希… Ⅲ . ①随笔—作品集—中国—当代 Ⅳ . ① I267.1
中国版本图书馆 CIP 数据核字（2012）第 030784 号

寂静之道

| 著　　者：希阿荣博堪布 | 筹划出版：银杏树下 | 出版统筹：吴兴元 |
| 责任编辑：张　鹏 | 营销推广：ONEBOOK | 装帧制造：墨白空间 |

出　　版：世界图书出版公司北京公司
发　　行：世界图书出版公司北京公司（北京朝内大街 137 号 邮编 100010）
销　　售：各地新华书店
印　　刷：北京嘉实印刷有限公司（北京昌平区百善镇东沙屯 466 号 邮编 102206）
（如存在文字不清、漏印、缺页、倒页、脱页等印装质量问题，请与承印厂联系调换，联系电话：010-61732313）

开　　本：787 毫米 ×1092 毫米 1/32
印　　张：12　插页 4
字　　数：221 千
版　　次：2012 年 5 月第 1 版
印　　次：2016 年 10 月第 14 次印刷

读者服务：reader@hinabook.com　188-1142-1266
投稿服务：onebook@hinabook.com　133-6631-2326
购书服务：buy@hinabook.com　133-6657-3072
网上订购：www.hinabook.com　（后浪官网）

ISBN 978-7-5100-4422-9　　　　　　　　定　价：35.00 元

后浪出版咨询（北京）有限责任公司常年法律顾问：北京大成律师事务所　周天晖　copyright@hinabook.com

版权所有　翻印必究

格萨尔王

三大护法

此二十六字咒置经书中,误跨经书之罪亦可消,《文殊根本续》所说也

防跨越咒轮